It's lovely to meet korean readers once again. I wrote this book to make myself comforted, but now I hope it can offer you comfort too. Hopefully this book can offer some support or act as a reminder of all the reasons we have to be hopeful, even in adversity. I hope it connects with you.
Thank you,
Matt Haig

한국의 독자들과 다시 만나게 되어 정말로 기쁩니다.
이 책은 저 자신을 위로하기 위해 쓴 것이지만, 이제는 당신에게도 위로가 되었으면 합니다.
힘든 시기의 당신에게 도움이 되기를, 그리고 우리가 역경 속에서도 희망을 가져야 하는 모든 이유를 상기시켜주는 책이 되기를 바랍니다.
그렇게 이 책이 당신에게도 울림을 주기를 희망합니다.
감사합니다.

— 매트 헤이그

위로의 책

The Comfort Book

by Matt Haig

First published by Canongate Books Ltd, Edinburgh.

Copyright ⓒ Matt Haig, 2021

All rights reserved.

《미드나잇 라이브러리》 매트 헤이그의 못다한 이야기

위로의 책

매트 헤이그 지음 · 정지현 옮김

THE COMFORT BOOK

비즈니스북스

옮긴이 **정지현**

대학을 졸업한 후 미국에 거주하며 번역에이전시 엔터스코리아에서 전문 번역가로 활동하고 있다. 주요 역서로는 《5년 후 나에게 Q&A a day》, 《하루 5분 아침 일기》, 《자신에게 너무 가혹한 당신에게》, 《나는 왜 생각을 멈출 수 없을까?》, 《콜 미 바이 유어 네임》, 《파인드 미》, 《목적바라기》, 《타인보다 민감한 사람의 사랑》 등이 있다.

위로의 책

1판 1쇄 발행 2022년 8월 29일
1판 7쇄 발행 2024년 7월 29일

지은이 | 매트 헤이그
옮긴이 | 정지현
발행인 | 홍영태
편집인 | 김미란
발행처 | (주)비즈니스북스
등 록 | 제2000-000225호(2000년 2월 28일)
주 소 | 03991 서울시 마포구 월드컵북로6길 3 이노베이스빌딩 7층
전 화 | (02)338-9449
팩 스 | (02)338-6543
대표메일 | bb@businessbooks.co.kr
홈페이지 | http://www.businessbooks.co.kr
블로그 | http://blog.naver.com/biz_books
페이스북 | thebizbooks
ISBN 979-11-6254-296-5 03810

✧
✧
✧

당신을 위로하려고 애쓰는 사람이

때때로 당신을 기분 좋게 해주는

그 단순하고 조용한 말들 속에서

아무 고통도 없이 편하게 살고 있다고

생각하지는 마십시오.

그 사람의 삶에 고난이 없었다면

그런 위로의 말들을 찾아내지도 못했을 것입니다.

——

라이너 마리아 릴케,《젊은 시인에게 보내는 편지》

가끔 나를 위한 위로의 말을 적어보곤 합니다. 힘든 시기를 보내며 깨달은 것들, 떠오른 생각과 명상, 내게 위안이 되어주는 것들의 목록과 예시, 다시금 상기시키고 싶은 것들이나 다른 사람의 인생에서 배운 것들까지.

참 이상하게도 우리는 삶의 가장 밑바닥에 있을 때 가장 분명하고도 가장 위로가 되는 가르침을 배웁니다. 하지만 원래 사람은 배고프지 않으면 음식에 대해 특별히 생각하지 않고, 배 밖으로 던져지지 않으면 구명 뗏목에 대해 생각하지 않는 법이지요.

여기 내 인생의 구명 뗏목이 되어준 생각들을 소개합니다. 나를 가라앉지 않게 해준 이 생각들이 당신을 안전한 육지로 이끌어주기를 소망합니다.

이 책은 인생만큼이나 두서가 없다.

대부분 한 페이지 정도로 짧지만 종종 그보다 조금 긴 페이지도 있다. 격언, 인용문, 사례 연구, 때로는 목록이 소개되거나 가끔은 요리법도 나온다. 경험이 주이지만 양자물리학부터 철학, 내가 좋아하는 영화, 고대 종교, 인스타그램까지 각양각색의 것들로부터 온 고무적인 순간들을 포착해 담았다.

이 책은 당신이 읽고 싶은 대로 읽을 수 있다. 처음부터 끝까지 쭉 읽어도 되고 맨 뒤에서부터 거꾸로 읽어도 된다. 여기저기 원하는 페이지를 조금씩 읽을 수도 있다.

페이지를 구겨도 되고 찢어도 된다. 친구에게 빌려줄 수도 있다(페이지를 찢으면 빌려주기 어렵겠지만). 침대 옆에 두어도 되고 화장실 변기 옆에 두어도 된다. 창밖으로 던져도 상관없다.

규칙은 없다.

하지만 이 책에는 우연한 주제가 있다. 그 주제는 바로 '연결'이다. 우리는 모든 것이다. 그리고 모든 것과 연결돼 있다. 사람과 사람. 순간과 순간. 고통과 기쁨. 절망과 희망.

힘들 때 우리는 깊은 위로가 필요하다. 뭔가 근본적인 것. 견고한 지지대. 기댈 수 있는 듬직한 무언가 말이다.

그건 이미 우리 안에 있다. 하지만 약간의 도움이 있어야 발견할 수 있다.

PART 1

살아있다는 것,
그걸로 충분해

PART 2

흘러가는 대로 둬도
괜찮다

PART 3

완벽하지 않아도
나무는 나무

PART 4

어제를 후회하지도,
내일을 겁내지도 않기를

살아있다는 것,
그걸로 충분해

태어난
순간부터
*

나 자신을 아기라고 생각해보자. 우리는 아기를 보며 부족한 존재라고 생각하지 않는다. 아기는 완벽한 존재로 태어난다. 세상에 나와 첫 숨을 쉬는 순간부터 가치 있는 존재. 그 가치는 돈이나 외모, 정치관, 인기 같은 외적인 것들에 의해 결정되지 않는다. 인간의 생명에 주어지는 고유하고 무한한 가치인 것이다. 잊어버리기 쉽긴 하지만 아기가 자라도 그 가치는 변하지 않는다. 지금 우리는 태어난 순간과 똑같이 살아있는 인간이다. 우리에게 필요한 건 존재하는 것이다. 그리고 희망을 품는 것이다.

나의 목표는
나
*

자신을 사랑하기 위해 더 나은 사람이 되려고 끊임없이 애
쓸 필요는 없다. 어떤 목표에 도달해야만 사랑받을 자격이
있는 건 아니니까. 만만치 않은 세상이지만 억지로 자기 연
민을 짜낼 필요는 없다. 당신은 태어날 때부터 사랑받을 가
치가 있는 존재였고, 지금도 여전히 사랑받을 가치가 있다.
그러니 자신에게 친절하게 대하라.

포기하지 않는
작은 희망보다
강한 것은 없다.

숲에서
길을 잃었을 때

✳

오래전 아버지와 프랑스의 어느 숲에서 길을 잃었다. 내가 열두 살, 열세 살쯤이었을 것이다. 그때는 요즘처럼 휴대전화가 보편화된 시대가 아니었다. 우리 가족은 고성과 언덕, 숲으로 둘러싸인 시골로 휴가를 온 참이었다. 왜 그런 곳으로 휴가를 가는지 이해할 수 없었지만 중산층의 평범한 휴가였다. 루아르 계곡이었고, 나는 아버지와 달리기를 하러 나갔다. 하지만 30분 후 현실을 깨달은 아버지가 말했다.

"이런, 아무래도 길을 잃은 것 같아."

우리는 돌아가는 길을 찾으려 했지만 어째선지 같은 곳만 빙글빙글 돌 뿐이었다. 아버지가 밀렵꾼 두 명에게 길을 물어봤는데 그들이 알려준 길도 잘못된 길이었다. 아버지는 당황하기 시작했지만 내게는 그 사실을 숨기려는 듯했다. 어머니는 우리 걱정에 잔뜩 겁에 질려 있을 게 뻔했다. 갑자기 학교에서 배운 광야에서 죽었다는 성경 속 이스라엘인들의 이야기가 떠오르면서 우리도 그런 운명을 맞이하게 되리라는 생각이 들었다. 그때 아버지가 말했다.

"똑바로 계속 가면 여기서 벗어날 수 있을 거야."

아버지의 말이 맞았다. 결국 우리는 자동차 소리가 들리는 큰길에 도착했다. 처음 출발했던 마을에서 20킬로미터나 떨어진 곳이었지만 적어도 이젠 표지판이 보였다. 나무만 그득한 숲에서 벗어났다. 나는 지금도 실제로 길을 잃었거나 마음이 길을 잃고 헤맬 때 종종 이 방법을 떠올린다. 신경쇠약에 걸렸을 때도, 우울증으로 공황 발작이 일어났을 때도, 두려움으로 심장이 빠르게 뛰고 내가 누구인지도 모르겠고 어떻게 살아야 할지 알 수 없을 때마다 아버지의 말을 떠올렸다.

멈추지 않고 계속 직진하면 여기서 나갈 수 있을 거야.

한 발을 다른 발 앞으로 내디뎌 같은 방향으로 걸어 나가면 달리면서 빙빙 돌기만 하는 것보다 더 멀리 갈 수 있다. 앞으로 계속 걸어가겠다는 의지가 중요하다.

있는 그대로
괜찮다
✳

괜찮다.

무너져도 괜찮다.

상처받아도 괜찮다.

엉망진창이 되어도 괜찮다.

이 빠진 찻잔이 되어도 괜찮다. 사연 있는 멋진 사람이라는 뜻이니까.

감상에 빠져도, 변덕을 부려도 괜찮고 노래와 영화에 주책맞게 눈물을 흘려도 괜찮다.

무언가를 그냥 좋아해도 괜찮다.

멋지거나 똑똑하거나 인기 있어서가 아니라 그냥 내 마음에 든다는 이유만으로 좋아해도 괜찮다.

가끔은 사람들이 먼저 다가오게 가만히 있어도 괜찮다.

항상 바쁘게 뛰어다니며 너무 잘하려고 애쓰지 않아도 된다.

내가 먼저 손 내밀지 않아도 된다. 가끔은 세상이 먼저 다가오게 하자. 위대한 작가 앤 라모트Anne Lamott가 말했듯 '등대는 배를 구하기 위해 배가 가는 길을 따라다니지 않는다. 그저 그곳에 서서 빛을 비출 뿐이다.'

모든 시간을 최대한 활용하지 않아도 괜찮다.

있는 그대로의 모습도 괜찮다.

괜찮다.

관점이 세계를
만든다

✳

로마 황제이자 스토아 학파 철학자인 마르쿠스 아우렐리우스는 외부의 일로 인해 고통을 느낀다면 "고통은 그 일 자체에서 기인한 게 아니라 그 일을 받아들이는 우리의 관념 때문에 생겨난다. 하지만 당신은 언제든 그 고통을 없앨 수 있는 능력을 갖고 있다."라고 했다.

나는 이 말을 좋아하지만, 그 힘을 찾는 게 거의 불가능할 수 있다는 걸 경험으로 알고 있다. 슬픔이나 업무 스트레스, 건강 걱정을 손가락을 튕겨 '딱' 소리를 내면서 싹 날려버리는 건 불가능하다. 하지만 우리가 숲에서 길을 잃었을 때 느끼는 두려움은 숲 자체나 숲에서 길을 잃었다는 사실에서 나오는 게 아닐지도 모른다. *숲에서 길을 잃었다고 생각하기 때문에* 그 사실에 대해 두려움을 느끼는 것이다.

당신의 관점이 당신의 세계를 만든다. 관점은 외부 환경이 바뀌어야만 바뀌는 게 아니다. 숲에서 길을 잃고 헤매는 듯한 기분이 들 때면 관점을 바꿔보자. 나무 사이에 둘러싸여 있을 때라도 두려움 없이 살아갈 수 있다.

좋은 것도
나쁜 것도 없다

⁂

햄릿은 옛 학교 친구 로젠크란츠와 길덴스턴에게 "원래 좋
거나 나쁜 건 없어. 오직 생각이 그렇게 만들 뿐이야."라고
말한다. 긍정적인 의미에서 한 말은 아니다. 왕자는 기분이
언짢고 우울하다. 그럴 만도 하다. 그는 덴마크가 감옥이라
고, 온 세상이 감옥이라고 생각하기 때문이다. 그에게 덴마
크는 정말 몸과 마음을 가두는 감옥이었다. 하지만 그는 이
모든 게 자신의 관점 때문이라는 사실도 잘 알고 있다. 세상
과 덴마크가 '본질적으로' 나쁜 게 아니다. 그의 '관점'에서 봤
을 때 나쁜 것이다. 그가 나쁘다고 생각하기 때문에 나쁜 것
이다.

　외부의 사건은 중립적이다. 다만 우리 머릿속으로 들어오
는 순간 긍정적이거나 부정적인 가치를 얻는다. 어떻게 받

아들일지는 결국 우리에게 달려 있다. 물론 삶이 쉬울 수만은 없지만 어떤 일이든 여러 관점에서 볼 수 있다는 사실을 알면 위안이 된다. 그러면 우리에겐 큰 힘이 생긴다. 내 맘대로 되지 않는 세상에 속절없이 휘둘리는 것이 아니라 자신의 노력과 결단력으로 얼마든지 마음을 변화시키고 확장시킬 수 있기 때문이다. 우리의 마음은 감옥을 만들 수도 있지만 우리에게 열쇠를 줄 수도 있다.

이 순간에도 우리는
변하고 있으니까
✳

우리는 항상 열쇠를 돌린다. 아니, 시간이 열쇠를 돌린다. 시
간은 변화를 뜻하니까.

변화는 삶의 본질이다. 우리가 희망을 품어야 할 이유이기
도 하다.

신경가소성neuroplasticity은 뇌의 구조가 경험에 따라 바뀌
는 성질을 말한다. 10년 전과 똑같은 사람은 아무도 없다.
끔찍한 일이 생겼을 땐 세상에 영원한 건 아무것도 없다는
사실을 기억하면 도움이 된다. *관점은 반드시 바뀐다. 그렇*
게 우리는 또 다른 버전의 나 자신이 된다.

내가 지금까지 받은 가장 어려운 질문은 "옆에 아무도 없
는데 어떻게 다른 사람을 위해 살아갈 수 있는가?"였다. 그
답은 '다른 버전의 나를 위해 살아라'이다.

물론 앞으로 만나게 될 사람들을 위해 살아가는 것도 중요하지만 무엇보다 앞으로의 나를 위해 살아야 한다.

나는
좋은 사람이다

✳

내가 나를 용서하면 세상은 더 좋은 곳으로 변한다.

스스로 나쁜 사람이라고 생각하면 좋은 사람이 될 수 없다.

어딘가에

*

희망은 예술, 이야기, 음악에서 찾을 수 있는 아름다운 것이다. 영화 〈쇼생크 탈출〉에서 주인공 앤디의 감방에서 라켈 웰치Raquel Welch의 포스터가 뜯어졌을 때나, 〈사운드 오브 뮤직〉에서 폰 트랩von Trapp 대령이 자식을 억압하는 홀아비에서 노래하는 아버지로 변할 때처럼 놀라운 순간이기도 하다.

희망은 미묘하기도 하지만 그 느낌은 모를 수가 없다. 노래 〈오버 더 레인보우〉Somewhere Over the Rainbow에서 도입부인 '섬웨어'somewhere를 부를 때 일곱 개의 음정을 훌쩍 건너뛰어 여덟 번째 음정에 내려앉으며 순식간에 무려 한 옥타브가 올라가는 마법이 펼쳐지는 것처럼 말이다. 희망은 언제나 높이 떠올라 멀리 뻗어나간다. 희망은 하늘을 난다. 에밀리 디킨슨Emily Dickinson의 말처럼 "희망에는 깃털이 달렸다".

사람들은 힘들 때 희망을 갖기 어렵다고들 하지만 난 그 반대라고 믿는다. 절망과 걱정의 시기에 우리가 가장 매달리고 싶은 게 바로 희망이기 때문이다. 세상에서 가장 씁쓸하면서도 가장 희망찬 노래이자, 20세기 가장 위대한 노래 1위로 꼽힌 〈오버 더 레인보우〉는 해럴드 알런Harold Arlen과 이프 하버그Yip Harburg가 인류 역사상 가장 암울한 해였던 1939년에 영화 〈오즈의 마법사〉를 위해 만든 곡이다. 해럴드가 작곡을, 이프가 작사를 했다. 이 두 사람은 고통을 너무도 잘 알았다. 이프는 제1차 세계 대전의 끔찍한 참상을 목격했고 1929년 주식 시장 붕괴로 파산했다.

순식간에 한 옥타브가 쭉 올라가는 희망찬 노래를 작곡한 해럴드에게도 많은 시련이 있었다. 쌍둥이 형제가 아기 때 세상을 떠났고 열여섯 살 때 전통적인 유대교를 믿는 부모를 저버리고 현대 음악의 길을 걸었다.

유대인인 두 사람이 아돌프 히틀러가 전쟁과 반유대주의를 일으키는 동안에도 희망에 가득 찬 노래를 만들었다는 사실을 잊으면 안 된다.

좋지 않은 상황에서도 희망을 품을 수 있다. 언젠가 반드시 상황이 변할 거라는 사실만 알면 된다. 희망은 누구나 가질 수 있다. 희망을 가지려고 현실을 부정할 필요는 없다. 그저 미래는 확실하지 않으며 *삶에는 빛뿐만 아니라 어둠도 있다는 사실을 알면 된다.* 지금 이 자리에 서서 무지개 너머에서 들려오는 한 옥타브 쭉 올라가는 희망의 노래를 듣자. 절반은 현재에, 절반은 미래에 머물자.

절반은 캔자스에, 절반은 오즈에.

나를 위로해주는 노래들

✳

음악만이 할 수 있는 마법으로 내게 직·간접적인 위로를 주는 노래들이다. 당신의 힐링 음악은 다를 수 있겠지만 내 플레이리스트를 공유한다.

◉ O-o-h Child - 파이브 스테어스텝스The Five Stairsteps

◉ Here Comes the Sun - 비틀스The Beatles

◉ Dear Theodosia - 뮤지컬 〈해밀턴〉Hamilton 사운드트랙

◉ Don't Worry Baby - 비치 보이스The Beach Boys

◉ Somewhere Over the Rainbow - 주디 갈랜드Judy Garland

◉ A Change Is Gonna Come - 샘 쿡Sam Cooke

◉ The People - 커먼Common (ft. 드웰르Dwele)

◉ The Boys of Summer - 돈 헨리Don Henley

- ◎ California – 조니 미첼Joni Mitchell

- ◎ Secret Garden – 브루스 스프링스틴Bruce Springsteen

- ◎ You Make It Easy – 에어Air

- ◎ These Dreams – 하트Heart

- ◎ True Faith – 뉴 오더New Order

- ◎ If You Leave – OMD

- ◎ Ivy – 프랭크 오션Frank Ocean

- ◎ Swim Good – 프랭크 오션

- ◎ Steppin' Out – 조 잭슨Joe Jackson

- ◎ 〈호두까기 인형〉중 '파드되'pas de deux – 차이콥스키

  (노래는 아니지만 압도적이면서 달콤쌉쌀한 위로를 준다.)

- ◎ If I Could Change Your Mind – HAIM

- ◎ Space Cowboy – 케이시 머스그레이브스Kacey Musgraves

- ◎ Hounds of Love – 케이트 부시Kate Bush 버전 또는 퓨처헤즈Future-heads 버전

- ◎ Enjoy the Silence – 디페쉬 모드Depeche Mode

- ◎ I Won't Let You Down – Ph.D.

- ◎ Just Like Heaven – 더 큐어The Cure

- ◎ Promised Land – 조 스무스Joe Smooth

산
바라보기
✳

문제를 극복할 때는 문제를 제대로 바라보는 게 도움이 된다. 산이 없는 척하면 산에 오를 수 없다.

계곡 아래에
있을 때라도

*

기분이 우울할 때 그 순간의 감정으로 떠오르는 생각들은 실제 일어나지도, 객관적이지도 않다는 걸 기억해야 한다. 나는 스물네 살 때 절대로 스물다섯 번째 생일을 맞이할 수 없을 거라고 확신했다. 갑자기 찾아온 정신적인 고통 때문에 몇 주, 몇 달도 버티지 못할 것만 같았다. 하지만 지금 마흔다섯이 되어 이 글을 쓰고 있다. 우울증은 거짓말을 한다. 우울한 감정 자체는 사실이었지만 그 감정이 믿게 만든 것들은 결코 사실이 아니었다.

나는 절대 출구를 찾지 못할 거라고 생각했다. 죽고 싶은 마음이 들게 하는 우울증이 생긴 이유를 도무지 알 수가 없었으니까. 우울증보다 거대한 무언가가 있다는 걸 이전에는 미처 알지 못했다. 그건 바로 시간이다. 시간은 우울증의 거짓말을 밝힌다. 우울증이 내 머릿속에 심은 상상이 예언이 아닌 거짓임을 시간이 보여주었다.

시간이 모든 정신건강 문제를 해결해준다는 건 아니다. 하지만 시간이 흐르면 우리의 태도와 마음가짐은 바뀌기 마련이다. 대개 절망과 공포에 사로잡혀 있을 때는 보이지 않던 관점으로 볼 수 있게 될 만큼만 오래 버티면 된다.

보통 정신건강과 관련한 최고점과 최저점을 언덕과 계곡에 비유한다. 이 지형적인 은유는 꽤 그럴 듯하다. 살면서 가파른 내리막길이나 힘겨운 오르막길에 놓여 있다면 확실히 알 수 있다. 하지만 중요한 건 계곡의 맨 아래에서는 가장 선명한 경치를 볼 수 없다는 사실이다. 다시 일어서는 데 필요한 건 그저 계속 앞으로 걸어 나가는 것일지도 모른다.

우울증이
내 전부는 아니야

✳

우리는 고통보다 더 큰 존재다. 언제나 그렇다. 고통은 나의 총합이 아니다. 우리가 "나는 고통스럽다."라고 말할 때 나와 고통이 존재한다. 그리고 이때 늘 내가 고통보다 더 크다. 나는 고통이 없어도 존재하지만 고통은 나의 산물일 뿐이기 때문이다. 나는 계속 살아남아 다른 감정도 느낄 것이다.

　한때 나 역시 그 사실을 모른 채 괴로워했다. 나는 내가 고통 그 자체라고 생각했다. 우울증을 하나의 경험이 아닌 나라는 존재 자체라고 생각한 것이다. 스페인에서 절벽을 뒤로하고 돌아설 때도, 다시 비행기를 타고 부모님 집으로 가서 사랑하는 가족들에게 앞으로 괜찮을 거라고 말했을 때도 그랬다. 나는 나를 '우울증 환자'라고 불렀다. "나한테 우울증이 있어."나 "나는 지금 너무 우울해."라고 표현하지 않았다. 우울증이 나라는 사람의 전부라고 생각했기 때문이다.

스크린에 나오는 한 편의 영화를 영화관 전체로 착각하고 있었다. 평생 〈헤이그 거리의 악몽〉이라는(〈나이트메어〉로 번역된 영화의 원제 'A Nightmare on Elm Street'에 저자의 성을 넣어 패러디한 것—편집자 주) 영화 한 편만 돌아가며 나오는 줄 알았다. 어느 날은 〈사운드 오브 뮤직〉이나 〈인생은 아름다워〉 같은 영화도 상영되리라는 걸 몰랐다.

내가 사물을 매우 이원적으로 바라본다는 게 문제였다. 건강하거나 아프거나, 제정신이거나 미쳤거나 둘 중 하나라고만 생각했다. 우울증 진단을 받았을 때는 나폴레옹처럼 낯선 땅으로 유배돼 내가 알던 세상으로 절대 돌아갈 수 없을 거라고 믿었다.

어떤 의미에서는 그 생각이 맞았다. *난 돌아가지 않았다. 앞으로 나아갔다.* 애쓰거나 애쓰지 않거나 어차피 살아있는 한 앞으로 나아갈 수밖에 없으니까. 앞으로 나아가면서 우리의 경험도 서서히 변한다. 나는 절망 속에서 작은 행복과 웃음을 찾았다. 절망과 행복이 항상 따로가 아니라 같을 수도 있다는 사실을 깨달았다.

자기 안의 공간을 알아차리는 순간, 새로운 관점을 얻는다. 물론 거기에는 고통의 자리도 많지만 다른 것들을 위한 공간도 많다. 고통은 정말 끔찍하긴 하지만 마음에 얼마나 많은 자리가 있는지 보여주기도 한다. 그 공간을 넓혀줄 수도 있다. 언젠가는 고통만큼이나 기쁨과 희망, 사랑, 만족감도 많이 경험할 것이다.

다시 말해, 자기 존재의 광활함을 아는 게 중요하다. 우리 마음의 공간. 우리에게는 수많은 가능성이 있다.

내 문장의
주어
*

남들이 소득이나 팔로어 수, 몸무게, 가슴 사이즈 같은 기준
으로 나의 가치를 평가한다고 느껴질 때가 있다. 하지만 우
리의 가치는 이토록 단순한 잣대로 측정할 수 있는 게 아니
다. 우리는 삶 그 자체다. 한순간에 느껴지는 좁은 폭의 감정
이 아니라 *어떤 감정도 담을 수 있는 그릇이다.* 우리는 문장
의 주어다. 우리는 자신이 이룬 것의 총합보다 크다. 느끼는
감정의 총합보다 크다. 그것들을 전부 제하고도 공간이 무
한대로 남는다.

힘든 감정은
영원하지 않다

*

이 힘든 감정은 영원하지 않다.

당신은 다른 감정도 느낀 적이 있고 앞으로도 다른 감정을 느낄 것이다.

감정은 날씨와 같아서 계속 변한다. 구름은 돌처럼 움직임이 거의 느껴지지 않지만 실제로는 항상 움직이고 있는 것처럼 말이다.

모든 경험 중 가장 나쁜 경험은 더 이상 견딜 수 없을 것만 같은 순간이다. 더 이상 견딜 수 없을 것 같은 기분이 든다면 당신은 이미 최악의 지점에 와 있는 것이다. 이제 앞으로 *지금보다 좋아질 일만, 더 나은 감정을 느낄 일만 남았다.*

당신은 아직 여기 존재한다. 그 사실이 가장 중요하다.

아름다움도, 두려움도
모두 일어나게 두자.
계속 나아가자.
감정은 언제든 바뀔 수 있다.
———
라이너 마리아 릴케, 《시간의 책》The Book of Hours

매일 하루만
더 버텨
*

지금까지 버텼으니 이번에도 잘 버틸 수 있다. 앞으로의 나를 위해 버티자. 힘든 하루, 한 주, 한 달, 한 해, 혹은 10년의 시간이 내 전부는 아니다. 나는 다채로운 가능성을 가진 하나의 미래다. 미래 어느 시점의 나는 지금의 길 잃은 내가 잘 버텨준 사실에 고마워할 것이다.

그러니 버티자.

바닥을 딛고
다시 시작

✳

맨 밑바닥의 좋은 점은 발 디딜 곳이 있다는 것이다. 단단한 바닥이 있어서 더 이상 아래로 떨어질 수 없다. 거기에는 우리가 '영혼'이라고 부를 수 있는 무언가가 있다. 우리는 가장 낮은 곳에서 자신의 단단한 토대를 발견한다. 거기에서부터 나를 새롭게 지어나갈 수 있다.

나를 위로해주는
책들
※

□ 《젊은 시인에게 보내는 편지》- 라이너 마리아 릴케

□ 《시》Poems - 에밀리 디킨슨

□ 《소로의 일기》- 헨리 데이비드 소로

□ 《모든 것이 산산이 무너질 때》- 페마 초드론Pema Chödrön

□ 《푸우 코너에 있는 집》- A. A. 밀른Alan Alexander Minlne

□ 《쓰기의 감각》- 앤 라모트

□ 《명상록》- 마르쿠스 아우렐리우스

□ 《도덕경》- 노자

□ 《진지한 문제》Serious Concerns - 웬디 콥Wendy Kopp

□ 《드림 워크》Dream Work - 메리 올리버Mary Oliver

말 1

– 내 안에서 일어나는 일을 쓰기로 했다

※

대학에서 영문학 석사과정을 밟으면서 계속 바보 같은 기분이 들었다. '비평 이론' 과목을 선택했기 때문이다. 이 수업에서는 프랑스 포스트모던 및 포스트구조주의post-structuralism 철학 작품을 많이 읽어야 했는데 의도적이면서도 장난스럽게 애매모호한 문장들이 많아 영어로 번역된 걸 30분 동안 들여다봐도 이해되지 않기 일쑤였다. 겨우 '기표'signifier(단어의 소리)와 '기의'signified(단어의 의미)가 다르다는 것 정도만 깨우쳤다. 그러니까 '개라는 단어'는 개가 아니다. '물이라는 단어'는 물이 아니다. '파이프 그림'은 파이프가 아니다. 'TV에 나오는 전쟁'은 전쟁이 아니다. 전체적으로 이 이론들은 맥 빠질 정도로 뻔한 것을 복잡하고 둔탁하게 말하는 것처럼 느껴졌다. 우리는 항상 결코 도달할 수 없는 의미를 이해하려고 했다.

하지만 마음의 병을 갖게 되면서 이 이론이 좀 더 넓은 의미로 다가왔다. 내가 마치 나 자신이 절대 될 수 없는 사람을 지칭하고 있는, 걸어다니는 기표처럼 느껴졌다. 겉으로 보이는 나와, 안으로 느끼는 내 모습에 괴리가 있었다. 그 틈을 메우는 유일한 방법은 내 안에서 무슨 일이 일어나고 있는지 말하고 쓰는 것뿐이었다. 물론 철학적인 의미에서, 말은 결코 그것이 묘사하는 것과 같지 않지만 그게 말의 용도이기도 하다. 말은 내부의 것을 외부로 내보내 준다. 생각을 말로 바꾸는 순간 우리는 생각을 공유된 세계로 보낸다. 그 공유된 세계를 우리는 '언어'라고 부른다. 보이지 않는 개인적인 경험을 내보임으로써 우리는 다른 사람들, 심지어 우리 자신까지도 우리의 마음을 이해할 수 있도록 해준다. 우리가 소리 내 말하는 게 내면의 감정을 정확히 포착했다고 할 수는 없지만 그게 거의 요점이긴 하다.

말은 담는 것이 아니라 내보내는 것이다.

말 2

- 말하고 싶다, 그리고 살고 싶다

✳

그렇다. 말은 중요하다.

말은 상처 줄 수 있고, 치유할 수 있으며, 위로할 수도 있다.

말을 할 수 없었던 적이 있었다.

우울증이 너무 심해 혀가 움직이지 않았다. 내 입의 열린 문과 폭풍이 휘몰아치는 마음의 거리가 너무 멀기만 했다.

이따금 단음절로 된 간단한 소리만 나왔다.

고개를 끄덕이거나 웅얼거리기도 했다. 하지만 꼭 물속에서 슬로 모션으로 말하는 것 같았다.

나는 길을 잃었다.

말하고 싶다는 건 살고 싶다는 뜻이다. 하지만 심연에 빠진 나는 둘 다 원하지 않았다. 이상하게 들릴지도 모르지만 나는 그저 무언가 '원하게 되기만을' 원했다.

학교 다닐 때 마야 안젤루Maya Angelou의 《새장에 갇힌 새가 왜 노래하는지 나는 아네》를 읽었던 기억이 난다. 마야는 어릴 때 어머니의 남자친구였던 프리먼에게 끔찍한 성폭행을 당한 뒤 5년간 말을 하지 않았다. 삼촌들 손에 프리먼이 죽자 마야는 큰 죄책감에 시달렸고 몇 년 동안 입을 꾹 다물었다. 그녀는 가족의 친구이자 선생님인 버사 플라워스Bertha Flowers를 통해 위대한 작가들을 접하게 되었다. 에드거 앨런 포, 찰스 디킨스, 셰익스피어, 시인 조지 더글러스 존슨Georgia Douglas Johnson, 프랜시스 하퍼Frances Harper의 글을 읽었다. 읽기와 공부를 통해 마야는 느리지만 자신의 목소리를 다시 찾았고 그 후로는 절대 놓지 않았다. 1960년대 후반, 언어 장애가 있던 이 소녀는 흑인 인권 운동에 가장 큰 목소리를 내는 주인공이 됐다. 자기 자신뿐만 아니라 인종 차별을 받는 수백만을 위해 말하는 목소리가 되었다.

언어는 우리에게 경험을 말하고 세상과 다시 이어지고 우리 자신과 다른 사람들의 삶을 바꾸는 힘을 준다. "마음속에 말하지 않은 이야기를 담고 있는 것보다 더 큰 고통은 없다."라고 마야 안젤루는 말했다. 침묵은 고통이다. 하지만 그 고통에는 출구가 있다. 말할 수 없다면 글을 쓰면

된다. 쓸 수 없다면 읽으면 된다. 읽을 수 없다면 들으면 된다.

말은 씨앗이다. 언어는 우리가 삶으로 돌아가는 방법이다.
때로 언어는 가장 큰 위안이 되어준다.

나쁜
경험 쓰기
✳

이런 질문을 여러 번 받았다. "나쁜 경험을 글로 쓰면 기분이 더 나빠지나요?"

왜 이런 질문을 하는지 알지만 내 대답은 확실히 "그렇지 않다."이다.

나는 이 사실을 몇 년 전에 알게 됐다. 내 인생의 가장 밑바닥에서 많이 아프고 말도 거의 할 수 없을 때, 느끼는 것을 글로 적었다. 어느 날은 '보이지 않는 무게'라고 썼다. 또 어떤 날은 '머리를 쥐어뜯어서 이런 기분을 느끼게 하는 것들을 끄집어내고 싶다.'라고 적었다. 더 암울하고 끔찍한 말도 많았다. 하지만 '어둠'을 적는다고 어두운 기분이 들진 않았다. 이미 어둠을 느끼고 있었으니까. 오히려 글로 적으니 어둠이 안에서 환한 밖으로 나왔다.

요즘은 가끔 내가 원하는 걸 적는다. 이때 중요한 건 솔직함이다. 잔인할 정도로, 굴욕적일 정도로 솔직해져야 한다. 여기 몇 가지 방법을 추천한다.

예를 들어, '나는 식스팩을 갖고 싶다.'라고 쓴다고 해보자. 종이에 글로 적는 순간 자동으로 뭔가 깨달을 것이다. 식스팩이 있으면 우스울 것 같다는 생각이 들 수도 있다. 안에서 어떤 깨달음이 일어나 갈망이 약해지기 시작할지도 모른다. 하지만 어쨌든 원하는 것을 적은 후, 딱 한 마디로 된 질문을 던져봐야 한다. '왜?' 왜 나는 식스팩을 갖고 싶지? 여기에 완전 솔직하게 답해보자. '멋져 보이고 싶어서.' 그러면 또 묻는다. '왜?' '나 자신을 위해서.' 한참 동안 들여다보면 사실 완전 솔직하지 않은 답이라는 걸 깨달을지도 모른다. 그러면 다시 답한다. '사람들에게 잘 보이고 싶어서.' 끈질긴 소크라테스처럼 또 물어본다. '왜?' '사람들이 날 인정해줬으면 좋겠어.' '왜?' '사람들하고 어울리고 싶으니까.' '왜?'

이렇게 터널과 같은 '왜?'를 거치고 또 거치면 마침내 깨달음의 빛에 이른다. 그 깨달음은 사실 원하는 건 식스팩이 아니라는 것일 수도 있다. 몸매하고는 상관없고 건강이나 힘, 체력과도 상관없을지도 모른다. 사실은 완전히 다른 것. 식스팩이 근본적으로 해결해줄 수 없는 문제일 수도 있다.

글쓰기는 보는 것과 같다. 자신의 불안감을 좀 더 선명하게 바라보는 방법이다. 의구심과 꿈에 빛을 비춰 그것이 근본적으로 무엇을 의미하는지 깨닫게 해주는 방법이다. 밝은 진실의 빛은 모든 걱정의 웅덩이를 없앨 수 있다.

빈자리

✳

방에서 물건을 하나씩 빼고 나면 두 가지 일이 일어난다. 첫
번째는 확실하다. 없어진 물건이 그리워진다. 두 번째는 남
은 물건들이 예전보다 더 눈에 잘 들어온다. 관심이 집중된
다. 책장에 남은 책을 읽을 가능성도 커지고, 남은 의자가 고
맙게 느껴진다. 체스판이 있다면 체스를 둘 가능성도 있다.
무언가를 잃고 나면 남은 것들의 가치를 깨닫게 된다. 그 가
치가 눈에 잘 띄고 강렬하게 다가온다. 폭이 줄어들면 깊이
가 깊어진다.

절대 하지 말아야 할
열 가지

*

하나, 정말 원하지도 않으면서 부러워하지 말기.

둘, 조언을 구하고 싶지 않은 사람의 비판에 예민해지지 말기.

셋, 막상 가면 빨리 자리를 뜨고 싶어 안달일 모임에 빠지는 걸 두려워하지 말기.

넷, 남들에게 맞추려고 하지 말기. 나와 맞는 사람들 찾기.

다섯, 나를 절대 이해하지 못할 사람들을 이해시키려고 애쓰지 말기.

여섯, 남들은 답을 전부 안다고 생각하지 말기.

일곱, 돈이나 성공, 명성이 모든 고통을 없애줄 거라고 생각하지 말기.

여덟, 얼굴이나 직업, 관계가 행복을 보장해준다고 생각하지 말기.

　아홉, 거절할 용기가 필요한 일에 무조건 '예스'라고 하지
말기.

　열, 이렇게 못한다고 걱정하지 말기.

나라는
토대
※

다른 사람은 중요하다. 하지만 친구를 얻으려고 내가 아닌 다른 사람인 척하면 아무 소용이 없다. 나를 좋아하는 사람을 만나고 싶다면 우선 *진짜 내가 되어야 한다.*

연약한 식물이
북극에서 살아남는 법
✳

자주범의귀Purple Saxifrage는 세상에서 가장 강인한 식물이다.
바람에 날아갈 듯 연약해 보이는 자주색 꽃잎을 가진 꽃이
지만 북극에서도 살아남는다. 여럿이 땅에 바짝 붙어 지구
에서 가장 혹독한 환경에서 서로에게 은신처가 되어주는 것
이 이 꽃의 생존 비결이다.

연결된
우리

*

우리는 모두 서로에게 영향을 끼친다. 눈에 보이거나 보이지
않는 수많은 방법으로 연결되어 있다. 다른 사람을 행복하게
해주는 것이 행복으로 가는 가장 간단하고 빠른 방법인 것
도 그래서인지 모른다. 사실 이타적이 되어야 하는 이유는
이기적이다. 나보다 남을 먼저 생각할 때 무엇보다 내 기분
이 좋아지니까.

내가
좋아하는 것들
✳

나는 고요함이 좋다. 느림. 아무 일도 일어나지 않는 것. 파란 하늘. 맑은 공기를 들이마시는 것. 혼잡한 도로에 울려 퍼지는 새소리. 씩씩하게 피어난 봄꽃. 예전에는 고요한 땅이 꼭 죽은 것처럼 느껴졌는데 이제는 더 큰 생명력이 느껴진다. 몸을 기울이면 지구의 심장 소리가 들릴 것 같다.

배를 한입
베어 물고

*

앞으로 나아가는 가속도도 좋다. 하지만 우리에겐 잠깐 옆
으로 비켜나는 가속도도 필요하다. 예를 들어, 방금 나는 자
리에 앉아 배를 먹었다. 미래가 어떻게 될지는 모르지만 이
렇게 살아있고 소파에 앉아 배를 먹을 수 있다는 사실이 감
사하다.

토스트의
의미

*

끊임없이 삶의 의미를 찾으려는 것은 토스트의 의미를 찾으
려는 것과 같다. 가끔은 그냥 아무 생각 없이 토스트를 먹는
게 낫다.

후무스를
만드는 동안
＊

요리에는 치유의 힘이 있다. 하지만 치유의 힘이 가장 큰 요리는 요리할 필요가 거의 없는 요리다. 레시피가 너무 간단해서 그냥 모든 재료를 한데 모으고 섞으면 되는 그런 요리 말이다. 말 그대로 이것저것 합쳐서 짬뽕하는 요리. 이런 요리 같지 않은 요리 중에서 내가 가장 좋아하는 건 후무스Hummus(병아리콩을 삶아 으깨 만든 디핑 소스―옮긴이)다. 후무스는 그 자체로 위로가 되는 음식이다. 그래서 중동 이외의 지역에서도 빠르게 주목을 받으며 인기를 끌게 되었는지 모른다. 왜인지는 모르지만 후무스는 정말 큰 위안을 준다.

이스라엘계 영국인 요리사 요탐 오토렝기Yotam Ottolenghi는 후무스에 '정서적인 힘'이 담겨 있다고 말했다. 또한 중동 국가들에서는 후무스를 두고 서로의 레시피가 더 훌륭하다고 주장하며 경쟁까지 벌인다고 한다. 그만큼 후무스는 음식 그 이상이다. 후무스는 기본적인 디핑 소스이고, 요리계의 산소와 같다. 후무스 없는 세상은 상상하기 힘들다. 물론, 상상할 수는 있지만 지금보다 슬픈 세상이 될 것이다.

나는 오랫동안 여러 방법으로 후무스를 직접 만들었는데 최근에야 드디어 가장 마음에 드는 레시피를 찾았다.

병아리콩 두 통, 타히니 한 숟갈 듬뿍, 마늘(많다 싶을 정도로), 올리브 오일 약간, 레몬 한 개 분량의 레몬즙, 농도를 맞추기 위해 물 약간, 쿠민, 카이엔(페퍼), 소금 한 꼬집씩이 필요하다. 재료를 전부 섞고 먹기 전에 쿠민과 올리브 오일을 약간 추가한다. 따뜻하고 신선한 빵을 준비한다. 올리브 롤, 피타, 뭐든 좋다. 빵을 찢어 후무스에 찍어서 맛있게 먹는다.

숲에는
길이 있다
✳

나는 인생의 대부분을 희망에 대해 생각하면서 보냈다. 근래 몇 년 동안은 희망에 대한 글을 많이 썼다. 그전에는 마치 애착 담요라도 되듯 희망을 꽉 움켜쥐곤 했다. 20대에는 신경쇠약에 걸렸다. 심각한 우울증과 공황장애가 합쳐져서 인생에서 심하게 넘어져버렸고 죽고 싶다는 생각만 하면서 3년을 보냈다. 그런 절망 속에서는 희망을 가꾸기가 좀처럼 어렵다. 하지만 어떻게든 계속 버텨서 좀 더 나은 미래를 맞이할 만큼의 희망을 품었다.

요즘은 누구나 '더는 희망이 없다'고 느낄 수 있다. 세계적인 유행병, 잔혹한 부당함, 정치적 혼란, 심각한 불평등 문제가 남아 있던 희망마저 앗아가버릴 수도 있다. 하지만 희망은 꽤 끈질기다. 엄청나게 힘들 때도 살아남을 수 있다.

희망은 행복이 아니다. 희망을 갖기 위해 꼭 행복할 필요는 없다. 미래는 알 수 없고 지금보다 더 나을 수도 있다는 사실을 받아들이기만 하면 된다. 가능성을 받아들이는 것이야말로 가장 단순한 형태의 희망이다.

숲에서 갑자기 길을 잃어도 숲에는 지나갈 길이 있다는 사실을 받아들이는 것.

우리에게 필요한 건 계획과 약간의 결단력이다.

피자는
언제나 맛있다

*

완벽한 외모를 가진다고 하늘이 더 아름다워지지 않는다.

식스팩이 있다고 음악이 더 흥미롭게 들리지 않는다.

당신이 유명하지 않아도 개는 당신의 좋은 친구가 되어
준다.

피자는 당신의 직급과 상관없이 맛있다.

삶의 가장 멋진 순간들은 세상이 우리에게 갈망하라고 부
추기는 것들 너머에 존재한다.

여러분에게 주어진 이 소중한 삶을
어떻게 살 것인가가 중요합니다.
멋지게 보이려고 애쓰면서
삶을 통제할 수 있다는 환상에 빠질 것인지,
삶을 맛보고 즐기면서
자신만의 진실을 찾아갈 것인지.
—
앤 라모트, UC 버클리 졸업식 연설

작은
계획
✳

호기심을 갖자.

밖으로 나가자.

제시간에 잠자리에 들자.

물을 많이 마시자.

숨을 깊게 쉬자.

행복한 마음으로 먹자.

지킬 수 있도록 일과를 여유 있게 세우자.

친절하자.

모두에게 사랑받을 수는 없다는 사실을 인정하자.

나를 좋아해주는 사람들에게 감사하자.

한계에 갇히지 말자.

실수를 용납하자.

이미 갖고 있는 걸 원하자.

삶을 가로막는 것들을 거절하는 법을 배우자.

삶에 도움이 되는 것들은 받아들이자.

사다리는
필요 없어

＊

우리는 삶을 끝없는 오르막길이라고 생각한다. 그리고 우리
도 모르는 사이 사다리에 대해 이야기한다. 성공의 사다리.
사다리의 맨 위. 사다리의 맨 아래. 사다리를 오르는 것에
대해서도 이야기한다. 위로 올라가는 것. 오르막길을 오르는
힘겨움. 이런 이야기를 하는 과정에서 삶이란 '수직의 경주'
라는 이미지가 굳어져 버린다. 사람은 구름을 향해 높이 뻗
어나가는 초고층 빌딩이고.

　우리는 사다리 저 위쪽의 미래나 저 아래쪽의 과거를 보
는 위험만 감수할 뿐, 지금 이 순간 무한한 지평선 너머를
바라보지 않는다. 사다리는 옆으로 움직일 공간을 내어주지
않는다. 아래로 추락할 공간뿐이다.

인생은 …
아니다

✳

인생은

올라야 할 사다리가 아니다.

풀어야 할 수수께끼가 아니다.

찾아야 할 열쇠가 아니다.

도달해야 할 목적지가 아니다.

해결해야 할 문제가 아니다.

인생은 …
(이)다
✳

인생은

지난 뒤에야 이해할 수 있지만

우리는 앞을 보고 살아가야 한다.

쇠렌 키르케고르 Søren Kierkegaard

새로운
장
*

필요할 때 받지 못한 사랑을 얻으려고 평생을 바쳐 봐야 소용없다. 예전 이야기는 버리고 나만의 새로운 이야기를 시작해야 하는 순간이 있다. 자신을 사랑하라. 과거를 바꿀 수는 없다. 다른 사람을 바꿀 수도 없다. 하지만 자신은 바꿀 수 있다. 이 이야기를 나에게 들려주자. 이제부터 내 이야기의 새로운 장을 쓰자.

상상의
방
*

자신을 완전히 용서한다고 상상해보자. 이루지 못한 목표.
저지른 실수. 잘못한 것들을 마음에 가둬둔 채 곱씹으며 그
것을 기준으로 자신을 정의하지 말자. 과거가 공기처럼 방
안을 떠돌다가 창밖으로 날아가버려 방 안이 더욱더 상쾌해
지는 상상을 해보자.

아니

*

아니.

아니.

아니, 난 그러고 싶지 않아.

아니, 저는 그 기사를 공짜로 쓰고 싶지 않아요.

아니, 화요일은 안 돼요.

아니, 더 이상 마시고 싶지 않아요.

아니, 난 그 말에 동의하지 않아.

아니, 기분이 바로 풀리지 않을 때도 있어.

아니, 답장하지 않은 건 널 무시해서가 아니야. 메시지가 온
줄 몰랐어.

아니, 저는 당신과 같이 일하고 싶지 않습니다.

아니, 너무 단순하게 가진 않을 거예요.

아니, 7월에는 데이트할 시간이 없어.

아니, 전단지는 필요 없어요.

아니, 계속 보고 싶지 않아요.

아니, 내 친절함은 약점이 아니야.

아니, 그 가수는 제2의 비틀스가 아니야.

아니, 난 그런 헛소리 듣고만 있지 않을 거야.

아니, 남자라고 울면 안 된다는 뜻은 아니야.

아니, 나는 당신이 파는 물건 필요 없어요.

아니, 난 혼자만의 시간이 부끄럽지 않아.

아니, 학교 다닐 때 나한테 말도 안 걸었던 네가 주최하는
동창회엔 안 갈 거야.

아니, 나답게 행동한 것에 대해 사과하지 않을 거야.

아니.

'아니'는 참 좋은 말이다. 맨정신을 잃지 않도록 해준다.
요즘 같은 과부하의 시대에 '노'NO는 사실 '예스'YES다. 삶에
필요한 여유를 가지는 것에 '예스!'라고 외치는 거니까.

미로에서
탈출하는 방법
✳

미로를 한번에 탈출하기는 쉽지 않다. 길을 잃었을 때와 같은 길을 따라가면 절대 미로를 벗어나지 못한다. 새로운 길로 가야만 미로를 탈출할 수 있다. 막다른 길에 다다랐을 때 실패했다고 생각하지 말고 새로운 깨달음을 얻은 것에 감사하자. 막다른 길은 미로를 탈출하는 데 도움이 된다. 몇 번 잘못된 길을 가보면 결국 어느 길이 맞는지 알 수 있다.

안다는 건
도움이 된다

✳

'적을 알라.' 중국의 고대 병법서 《손자병법》에서 손자는 수세기가 지나서까지도 가슴에 와닿는 조언을 한다.

《손자병법》에 나오는 조언이 시대를 초월하는 이유는 단지 전쟁에만 적용되는 게 아니기 때문이다. 자세히 들여다보면 우울증, 신체적 질병, 기후 변화의 본질, 사회의 부당함 같은 것을 물리치는 데도 도움이 되는 말들이다. 마주한 문제에 대한 지식이 없으면 큰 시련에 빠질 수밖에 없다.

예를 들어, 아마존 열대우림에 홀로 남겨졌을 때 평범한 사람이라면 살아남기가 쉽지 않을 것이다. 자신이 마주한 위협을 제대로 이해하지 못하기 때문이다. 하지만 율리아네 쾨프케Juliane Koepcke는 평범한 사람이 아니었다. 그녀에게는 지식이 있었다.

열일곱 살이었던 1971년 크리스마스이브, 쾨프케가 탄 비행기가 폭풍우를 만나 페루 상공에서 추락했다. 그녀는 좌석에 묶인 채 하늘에서 떨어졌다. 그녀의 어머니를 비롯해 나머지 승객 91명은 전부 사망하고 쾨프케만 살아남았다. 그녀는 열대우림으로 추락한 비행기에서 가까스로 빠져나왔다.

쾨프케는 심하게 다친 데다 큰 충격에 빠졌다. 쇄골이 부러지고 다리에 깊은 상처가 났다. 자신도 죽을 것이라는 거대한 공포가 엄습했다. 다른 이들의 시체를 보면서 죽음의 공포에 '마비'됐다. 하지만 그녀는 잔해 속에서 식량을 발견하고 마을을 찾아 나섰다.

쾨프케는 열대우림에 대해 잘 알고 있었다. 동식물학자였던 아버지와 어머니의 영향 덕분이다. 추락사고 전에는 부모님과 페루 열대우림 안에 있는 연구소에서 1년 넘게 생활한 적도 있었다. 훗날 그녀는 말했다. 지식으로 무장했기에 사람들의 생각과 달리 열대우림이 자신에게 '녹색 지옥'이 아닐 수 있었다고.

예를 들어, 그녀는 뱀이 마른 잎처럼 위장할 수 있다는 사실을 알고 있었다. 여러 다양한 새소리에 대해서도 알았다.

물을 찾으려면 어떤 지형을 눈여겨봐야 하는지도 알았기에 개울을 찾을 수 있었다. 흐르는 물을 따라가면 결국 사람들이 모여 사는 곳이 나올 거란 것도 예전에 아버지가 알려주었다.

쾨프케가 《내가 하늘에서 떨어졌을 때》라는 책에서 말하듯, 그녀는 시체를 파먹는 독수리들을 지나쳐야 했고 뱀, 모기, 독거미의 위협도 끊이지 않았다. 상처에는 구더기가 들끓었고 뜨거운 태양도 그녀를 괴롭혔다. 하지만 그럴 때마다 그녀는 항상 지식의 도움을 받았다.

정글 지면의 뱀, 거미, 독을 가진 식물을 피하기 위해 가능한 한 물길로 이동했다. 피라니아가 얕은 물에서 헤엄친다는 사실을 알았기에 주로 개울 한가운데에 머물렀다. 악어와 마주칠 위험도 있었지만 그녀는 뱀과 달리 악어는 거의 사람을 공격하지 않는다는 사실을 알고 있었다.

그녀는 계속 걸었고 상처로 인한 통증은 심해져만 갔다. 먹을 것도 다 떨어졌다. 기진맥진하고 정신마저 몽롱해졌다. 하지만 언젠가 아버지가 해줬던 말이 그녀에게 강한 의지를 심어줬다.

"뭔가를 이루겠다고 결심하면 성공할 수밖에 없어. 간절히 원하기만 하면 돼, 율리아네."

정글에서 계속 길을 찾던 그녀는 결국 길을 발견했다. 그 길을 따라가자 버려진 오두막이 나왔고 밖에 휘발유 1리터가 있었다. 그녀는 (비록 엄청나게 고통스럽지만) 감염이 심한 상처를 휘발유로 치료할 수 있다는 사실을 알고 있었다. 그래서 휘발유로 상처를 치료했다.

11일째 되는 날 사람들의 목소리가 들렸다. 정글에 사는 사람들이 그녀를 발견해 배를 타고 문명사회로 데려가 주었다. 구조된 다음 날 그녀는 아버지와 재회했다.

쾨프케의 이야기는 베르너 헤어초크Werner Herzog 감독의 다큐멘터리 〈희망의 날개〉의 소재가 됐다. 사실 헤어초크 감독도 그 추락한 비행기를 탈 뻔한 사연이 있었다. 율리아네는 대학에서 생물학을 전공해 부모님의 뒤를 이어 동식물학자가 됐다. 현재 그녀는 독일 뮌헨에 있는 바이에른 주립 동물학 센터의 사서로 일하고 있다.

물론, 우리가 비행기 추락사고로 아마존 한가운데에 떨어질 가능성은 낮다. 그렇지만 복잡한 열대우림과 같은 삶에서 길을 잃었을 때도 그곳에 대해 잘 알고 있어야 한다. 무지나 부정에 가로막히지 말고 *의식으로 무장한 채 자신의 상처를 똑바로 바라보고 덤불 속의 뱀을 알아차려야 한다.*

마음과
창문

*

자각은 어려울 수 있다. 마음을 언제나 믿을 수는 없기 때문이다. 마음은 가끔 거짓말을 하거나 속임수를 쓰고 전체를 다 보여주지 않을 때도 있다. 스스로 형편없는 사람이라고 믿게 만들기도 한다.

물론 마음은 진짜다. 저 창문이 진짜 창문인 것처럼. 하지만 창문으로 보이는 풍경이 전부는 아니다. 때로는 유리가 더럽거나 밖에 구름이 끼거나 비가 와서, 또는 창문 앞에 서 있는 커다란 트럭 때문에 풍경이 가려질 수도 있다. 그렇게 창문은 우리를 완전히 잘못된 결론으로 이끌 수 있다. 만약 빨간 스테인드글라스를 통해서만 밖을 볼 수 있다면 세상이 마치 화성 사막처럼 붉고 으스스하게만 보일 것이다. 사실 밖에는 온통 푸르른 들판이 펼쳐져 있는데도 말이다.

패러독스의
위안

*

내 상담 치료사에 따르면, 내담자들이 가장 자주 하는 말 중 하나가 "어디에도 속하지 못한 것처럼 느껴진다."라고 한다. 가면을 쓴 것 같은 느낌, 혼자만 끼지 못하는 느낌. 사람들과 교감하지 못하는 것 같은 느낌. 모순 같지만 이런 사실이 때로는 오히려 안도감을 주기도 한다. 사람들 속에서 잘 어울리지 못하고 겉도는 건 이 세상을 살아가는 사람들이 가장 흔하게 느끼는 감정이기 때문이다. 남들과 잘 어울리지 못하고 혼자일 때 사람들 사이에 가장 큰 공통점이 나타난다는 참으로 이상한 진실이 우리에게 위안을 준다. 고립은 보편적인 것이다.

교차로에서는
잠시 멈춰야 한다
✳

우리는 결정을 내려야 하는 순간이 오면 서둘러야 한다고 느낀다. 실제로, '결단력 있다'decisive라는 말은 '신속하다'와 동의어로 사용되곤 한다. 하지만 교차로에 섰을 때는 잠시 멈춰서 신호등이 바뀌기를 기다리며 지도를 확인하는 것이 더 낫다. 어차피 잘못된 방향이라면 계속 앞으로 나아가도 진전이 없을 테니까.

행복이 찾아오는
순간

✳

행복은 타인의 기대 따윈 생각하지 않을 때 찾아온다. 남들이 기대하는 나, 남들이 기대하는 행동은 중요치 않다. *행복은 내가 나를 받아들여야 찾아온다.* 행복은 진정한 나라는 문을 열었을 때 들어오는 따뜻한 바람과 같다.

행복의 한쪽 문이 닫히면
다른 쪽 문이 열린다.
하지만 우리는 닫힌 문만 바라보느라
열려 있는 문은 보지 못한다.

———

헬렌 켈러, 《우리는 사별했다》We Bereaved

하루 하나씩
아름다운 경험하기

✳

하루에 아름다운 일을 하나씩 경험하자. 작고 사소한 것도 괜찮다. 시 읽기, 좋아하는 노래 듣기, 친구와 함께 웃기, 해 지는 하늘 바라보기, 고전 영화 보기, 레몬 케이크 한 조각 먹기 등 뭐든 좋다. 세상이 경이로움으로 가득하다는 사실을 일깨워주는 것이라면. 삶의 모든 것에 감사할 수 없을 만큼 힘든 상황이라도 마음을 열면 감사할 일은 얼마든지 있다는 사실을 잊지 말자.

아픔이
지나간 자리

*

우리는 힘든 시간을 이겨낸 뒤에 성장한다. 성장은 변화다.
모든 게 수월하고 원만하면 변할 이유가 없다. 인생의 가장
고통스러운 순간이 우리를 성장시킨다. 아픔이 지나가고
남겨진 자리는 삶으로 채워진다.

수많은
우연이 만나
✳

나는 우리가 수많은 우연을 뚫고 존재한다는 증거를 발견했을 때 윗세대들을 떠올렸다. 1930년대 센트럴 세인트 마틴에서 미술을 공부한 친할머니를 생각해본다.

할머니는 전공 과정의 일부로 1년간 비엔나에 있는 미술대학에 교환학생으로 갔다. 1938년 히틀러가 오스트리아를 합병했고, 할머니는 유대인이었다. 오스트리아 합병 이후 유대인들은 표적이 됐다. 거리에서 행진을 하고 거리의 낙서를 제거하는 작업에 동원되고 공개적으로 망신을 당했다. 할머니는 오스트리아를 탈출해 프랑스로 가는 마지막 기차를 탔다. 우리 집안에 전해져 내려오는 전설에 따르면 할머니는 기차역에서 나치 경비대와 시시덕거린 덕분에 기차에 탈 수 있었다고 한다. 그때 할머니는 겨우 십 대였다. 나치의 공포를 직접 경험한 할머니는 전쟁이 터졌을 때 간호사로 자원봉사를 했고 나치의 영국 공습으로 화상을 입은 할아버지를 치료하게 되면서 사랑에 빠졌다.

할머니와 할아버지는 세 자녀를 낳았다. 그중 한 명이 나의 아버지다. 아버지는 1960년대에 셰필드에서 건축을 공부하기 위해 옥스퍼드 대학을 중퇴했다. 아버지는 셰필드에서 어머니를 만났다. 어머니는 브리스틀의 연극 학교를 중퇴하고 사우스요크셔의 교대에 입학했다. 지금까지도 이해할 수 없는 이유로 아기 때 버려진 어머니는 데본에서 농장을 하는 양부모 밑에서 자랐다. 아버지가 어렸을 때 살았던 서섹스와는 수백 킬로미터나 떨어진 곳이었다. 그런 두 사람이 1969년 어느 날 셰필드에 있는 퀸스 헤드 술집에서 처음 마주친다.

뭐, 그렇게 대단한 이야기는 아니다. 하지만 세상 모든 사람의 시작이 그러하듯 참으로 굉장한 이야기이기도 하다. 우리는 모두 우연 속에서 시작됐다. 불확실성 속에서 태어난 존재다. 거의 불가능에 가까운 확률이었지만 지금 이렇게 존재하고 있다. 불가능에 가까운 우연을 뚫고 지금 이렇게 존재한다는 사실을 잊으면 안 된다. 우리는, 당신은 이 순간 존재한다.

미래는
열려 있다
✳

미래를 알지 못해도 희망은 품을 수 있다. 가능성이라는 개념을 받아들이기만 하면 된다. 미래는 알 수 없고 지금보다 더 밝고 더 공평한 미래가 존재한다는 사실을 받아들여야 한다. 미래는 열려 있다.

가치를 찾기 위해
애쓸 필요 없다
*

자신의 가치를 찾으려고 기진맥진할 정도로 애쓸 필요는 없다. 당신은 업데이트가 필요한 아이폰이 아니다. 당신의 가치는 능력이나 운동, 몸매 등 행동하지 않으면 사라지는 형태의 것이 아니다. 가치는 멈추지 않고 돌려야 하는 접시돌리기 같은 것이 아니다. 당신의 가치는 여기 있다. 처음부터 쭉 그래 왔다. 가치는 '행동'이 아니라 '존재' 자체에 깃들어 있다.

짧은
인생
＊

인생은 짧다. 친절하라.

땅콩버터 바른
토스트

✳︎

- 준비물

  식빵 두 조각, 땅콩버터

- 만드는 방법

  1. 빵을 토스터에 넣는다.

  2. 1~2분 기다린다. 잘 구워진 빵을 꺼내 접시에 옮겨 담는다.

  3. 토스트의 한쪽 면에 버터나이프로 땅콩버터를 듬뿍 바른다. 버터를 한 방향으로만 발라야 한다. 이유는 모르겠지만 이렇게 하면 기분이 더 좋아진다.

  4. 서두르지 않는다. 버터나이프를 계속 움직이다 보면 감사한 기분이 샘솟는다. 태극권이랑 비슷하다. 마치 종교의식처럼 근엄한 분위기를 내보자.

5. 토스트 접시를 들고 원하는 곳에 가서 앉는다. 마음을 가라앉힌다. 지각이 있다는 것이 얼마나 경이로운 일인지 음미한다. 당신은 그냥 살아만 있는 것이 아니다. *이제 막 땅콩버터 바른 토스트를 먹으려 하고 있다.*

6. 눈을 감고 한 입 베어 문다. 살아 있는 지금 이 순간, 맛과 즐거움을 음미하다 보면 고민이 갈고리에서 벗어나 멀리 떠내려간다.

7. 이 감사와 마음 챙김의 의식은 땅콩버터를 별로 좋아하지 않을 경우 잼 바른 토스트로 해도 똑같이 효과적이다.

겨울이 주는
위안
✳

나는 겨울을 좋아한다.

겨울이 좋은 이유를 곰곰이 생각해보면 겨울로부터 나를
보호해주는 것들이 있어서인 것 같다.

따뜻한 점퍼, 벽난로 옆에서 떠는 수다, 즐거운 크리스마
스, 몸속까지 따뜻해지는 핫초콜릿.

갈증으로 숨이 턱 막힐 때 물이 가장 맛있는 것처럼 어둠
과 찬바람에 둘러싸여 있어야 집이 주는 포근함에 감사가
샘솟는다. 겨울이 없다면 따뜻한 거실이나 방에 앉아있는
안락한 순간에 감사한 마음이 들지 않을 것이다.

안락함은 모든 것이 완벽해지는 순간이 아니다. 종종 불
완전하고 거칠고 잔혹하기도 한 삶임에도 불구하고 발견하
는 위안이다. 힘들 때 다시 일어나는 회복력은 우리를 1년,

집은 물리적인 장소가 아니라 바꿀 수 없는 조건인지도 모른다.

—

제임스 볼드윈James Baldwin, 《조반니의 방》

사계절 내내 강하게 만들어준다.

알베르 카뮈는 이렇게 적었다.

"이 깊은 겨울의 한가운데에서 나는 아무도 무너뜨릴 수 없는 여름이 내 안에 살아있음을 깨달았다."

우리는 정반대의 것으로 사물을 정의하곤 한다. 빛은 어둠이 없으면 아무 의미가 없다. 따뜻함은 추위 없이 무의미하다. 겨울에 있어서 여름의 의미도 비슷하다.

몇 해 전 북극권의 북쪽, 핀란드 라플란드에서 겨울을 보낼 기회가 있었다.

스노모빌, 순록, 황야, 도착하자마자 맞이해 준 따뜻한 글뢰그glögi 한 잔. 베리 주스에 정향, 시나몬, 카더몬, 생강 같은 향신료가 들어간 그 따뜻한 겨울 음료를 홀짝홀짝 마시며 널찍한 창문 너머로 달빛이 비치는 눈 덮인 소나무를 바라보았다. 얼어붙은 공기 속에서 그림처럼 선명한 그 풍경은 마치 삶 자체를 보여주는 것 같았다. 춥고 광활한 밤으로 둘러싸인 가운데 온기가 느껴지는 소중한 순간.

스칸디나비아 철학자 쇠렌 키르케고르(핀란드가 아닌 덴마크 철학자)는 원하지 않을 수도 있지만 궁극적으로 우리에게 위안을 주는 건 역경이라고 말했다. 그는 역경이 사람들을 하나로 모아준다고 믿었다.

"겨울의 추위가 창턱에 얼음꽃을 피우듯, 역경은 사람과 사람의 관계를 아름답고 조화롭게 만들어준다."

오래전 크리스마스가 생각난다. 뉴어크온트렌트에 있는 부모님 댁에서 벽에 기댄 채 나는 다음 여름을 맞이할 수 없으리라는 확신이 들었다. 살아내기에 너무도 끔찍한 나날이었다. 내 안의 날씨가 영하로 뚝 떨어졌다. 하지만 알다시피 날씨는 변한다. 똑같은 날씨를 대하는 우리의 태도가 변하거나.

지금의 나는 예전 마음속의 혹독한 날씨에서 낯설지만 기분 좋은 위안을 발견한다. 결국 자신이 살아남으리라는 사실을 아는 데서, 궁극적으로 삶을 아름답게 노래하게 만드는 회복력에서 느끼는 위안이다. 눈송이와 서리를 맞고도 꽃을 피우는 위치헤이즐Witch Hazel 나무가 주는 한겨울의 위로다.

PART 2

흘러가는 대로 둬도
괜찮다

강은 어디에나
흐른다

사람들은 흐름에 대한 이야기를 많이 한다. 일의 흐름, 음악의 흐름, 요가의 흐름, 삶의 흐름. 스트레스가 심하면 "흐름에 따르라."라는 조언을 하기도 한다. 무슨 뜻일까? 한 사람의 영적 발견을 이야기하는 헤르만 헤세의 소설 《싯다르타》에는 '강은 어디에나 있다.'라는 말이 나온다. 이 소설은 실제로 강을 중심으로 하는 이야기이기도 하다. 주인공 싯다르타의 목표는 영적 영감을 주는 강가에서 사는 것이다. 강은 그에게 수용과 영성을 가르쳐준다. 자살 직전 깊은 잠에 빠진 그는 부드러운 강물 소리에 구원받고 지금까지 전혀 알지 못했던 영성을 발견한다. 이후에 강은 그에게 시간은 환상이고 모든 문제와 고통은 더 큰 자연과의 관계 중 일부일 뿐이라는 가르침을 준다. 어떤 사건이든 그 자체로는 의

미가 없고 더 큰 전체의 일부이며 오직 전체 안에서만 이해
될 수 있다는 것이다.

내게 있어 삶의 흐름이란 사물을 더 큰 무언가의 일부로
받아들인다는 뜻이다. 물의 분자를 강의 일부로 받아들이는
것처럼 말이다. 이렇게 하면 괴로울 때 위로가 된다.

고통은 이기적이다. 그래서 자신에게만 관심을 기울이길
요구한다. 하지만 모든 순간은 전체의 일부분이다. 강을 그
리고 있다고 생각해보자. 삶의 각 순간은 한 번의 붓질이다.
그림은 한 발짝 떨어져서 봐야 아름답다. 나는 한때 너무 고
통스러워서 모든 게 끝나길 바랐다. 하지만 한 걸음 물러서
서 바라보니 그 고통은 빛을 더 빛나게 해주는 그림자일 뿐
이었다.

마음을 비우고 물처럼 무형무상이 돼라.
물을 잔에 부어라.
그러면 물은 그 잔이 된다.
물을 병에 넣으면 병이 된다.
찻주전자에 넣으면 찻주전자가 된다.
물은 흐르기도 하고 흩어지기도 한다.
물이 되시게, 친구여.
———
브루스 리Bruce Lee

댐이 터지지
않도록

흐르게 놔두어라. 내면의 생각을, 억눌린 감정을, 생각지 못한 어려움을, 죄책감으로 얼룩진 비밀을, 아픈 기억을, 구석에 숨어 있는 마음을, 어색한 진실을, 치유되지 않은 상처를, 불편한 생각을, 잠재된 갈망과 거부된 욕망을, 댐에 가득한 물을. 압력이 커져서 댐이 터지게 하지 말고 흐르게 놔두어라. 흐르게 놔두어라.

희망의
원소

지구, 물, 불, 공기.

　모든 건 연결돼 있다.

　우주의 모든 건 우주의 다른 모든 것과 관련이 있다.

　물리학자 리처드 파인먼Richard Feynman은 말했다.

　"A가 B로 만들어지거나 B가 A로 만들어졌다고 말할 수 없다. 모든 질량은 상호작용이다."

　물질에 관한 진리는 심리학이나 감정적 자아에도 적용할 수 있다. 고통은 시간이 흐르면서 기쁨과 연결되고, 현재의 기쁨은 추억이 됐을 때 슬픔의 고통으로 진화하고 연결된다. 하지만 앞으로 더 좋은 날이 있다는 걸(비록 가능성일 뿐일지라도) 안다면 깊은 절망의 시간도 무사히 통과할 수 있다. 가끔은 절망의 순간에도 오히려 *절망을 통해 기쁨에 도*

달할 수 있다. 내가 제대로 이해하고 있는 건지 확신이 없어서 조심스럽기도 하지만 내 경험상 분명 *우울함 속에도 기쁨이 있다.* 절대 우울함을 가볍게 보는 게 아니다. 내 우울함은 너무도 강렬해서 목숨까지 위태롭게 했다. 한시라도 빨리 우울함이 사라져버리기를 원했지만 언제, 어떻게 사라질지 알 수 없었다. 하지만 그럼에도, 아니, 오히려 그 때문에 순간의 아름다움이나 안도감이 더욱더 강렬하게 다가왔다. 밤하늘은 항상 아름답게 노래했고 키스나 포옹이 주는 의미도 갑절로 커졌다. 마치 삶이 내 마음 밖에서 내 안의 파괴력을 감지하고 경이로움으로 맞서려는 것처럼 느껴졌다.

우리 몸에는 구리, 아연, 금과 같은 미량의 원소와 엄청나게 많은 탄소, 산소, 수소가 들어 있다. 마찬가지로 모든 부정적인 경험을 분석해보면 물론 두려움과 절망 같은 감정이 엄청나게 많지만 기쁨, 희망, 사랑, 행복의 감정도 약간은 발견된다는 사실을 알 수 있다. 어둠 속에서는 아주 작은 빛이라도 빛날 수 있다. 그 작은 빛은 우리의 관심을 사로잡고 집으로 인도해준다.

이탤릭체 지우고
'충분하다'로 바꾸기

나는 *충분히 인기가 많지 않다.*

나는 *충분히 유능하지 않다.*

나는 *충분히 강하지 않다.*

나는 *충분히 사랑스럽지 않다.*

나는 *충분히 매력적이지 않다.*

나는 *충분히 쿨하지 않다.*

나는 *충분히 섹시하지 않다.*

나는 *충분히 영리하지 않다.*

나는 *충분히 재미있지 않다.*

나는 *충분히 배우지 못했다.*

나는 *충분히 옥스퍼드 출신답지 않다.*

나는 *충분한 문학적 소양을 가지지 못했다.*

나는 충분히 부유하지 않다.

나는 충분히 세련되지 않았다.

나는 충분히 젊지 않다.

나는 충분히 터프하지 않다.

나는 여행을 충분히 하지 못했다.

나는 재능이 충분하지 않다.

나는 교양을 충분히 갖추지 못했다.

나는 피부가 충분히 좋지 않다.

나는 충분히 마르지 않았다.

나는 충분히 근육질이 아니다.

나는 충분히 유명하지 않다.

나는 충분히 재미있지 않다.

나는 충분한 가치가 없다.

나는 충분하다.

나쁜 하루를
좋게 만드는 방법

일어난다.

씻는다.

옷을 입는다.

자리에서 일어나 몸을 움직인다.

휴대전화를 다른 곳에 둔다.

산책하러 나간다.

스트레칭을 한다.

다리를 벽에 댄다.

날이 좋으면 햇볕을 쬔다.

마당, 공원, 들판, 초원, 숲. 가능하면 초록의 자연으로 나
간다.

깊고 느리게 의식적으로 호흡한다.

사랑하는 사람에게 전화한다.

정말 하고 싶지 않은 일이 있으면 지금 당장 취소한다.

할 수 있다면 맛있는 음식을 만들면서 요리 과정에 집중해본다. 요리는 최고의 적극적인 명상법이다.

해가 진 후에는 인공적인 푸른 조명을 피한다.

나쁜 생각을 회피하지 않는다. 피하지 않으면 나쁜 생각은 더 빨리 지나간다.

좋아하는 TV 프로그램을 본다. 보기 전에 언제까지 보고 싶은지 정하고 그때까지만 본다.

맑은 밤이라면 별을 본다. 2,000년 전 마르쿠스 아우렐리우스가 마음이 혼란스러울 때 그랬던 것처럼.

자정이 되기 전에 잠자리에 든다.

잠들려고 너무 애쓰지 않는다. 오늘 하루를 그냥 받아들이고 두려움과 좌절을 흘려보낸다.

가장 소중한
풍요

대학에서 철학을 전공한 스티브 캘러핸Steven Callahan은 1981
년, 76일 동안 대서양에서 표류했다. 그는 직접 설계하고 건
조한 범선 나폴레옹 솔로 호로 항해를 떠났다. 콘월에서 안
티과로 가는 항해 7일째에 접어든 날이었다.

폭풍우가 몰아치는 밤에 그의 범선이 고래와 충돌했다.
물에 잠긴 배는 곧바로 가라앉기 시작했다.

캘러핸은 공기 주입식 구명보트를 타고 탈출했다. 숨을
참으며 다시 범선까지 다이빙해서 소량의 식량, 항법도, 조
명탄, 작살총, 침낭 등 필요한 물품을 가져왔다.

그 후에는 범선에서 완전히 멀어졌다. 그의 위치는 카나리
아 제도에서 서쪽으로 1,300킬로미터 지점이었지만 반대 방
향으로 표류하고 있었다. 가진 물과 식량으로는 며칠밖에

버티지 못할 게 분명했다.

그는 작살총으로 물고기를 잡고 태양열 증류기로 바닷물을 증발시켜 먹을 물을 얻었다. 증류기를 제대로 쓸 수 있게 되기까지도 며칠이나 걸렸다.

그는 희망이 산산조각 나는 순간을 여러 번 맞이했다. 예를 들어, 14일째에 배를 발견하고 조명탄을 켰을 때 배가 자신을 본 줄 알았는데 아니었다. 그 후에도 여러 번 배를 발견했지만 번번이 눈에 띄지 못했다. 게다가 항로 남쪽에서 점점 더운 지대로 향하고 있었다.

바다에서의 불편함은 이루 말할 수 없었다. 배고픔, 목마름, 더위, 바닷물로 인한 피부 염증.

나중에 그가 들려준 이야기에 따르면 정신적으로도 무척 힘들었다. 상어의 계속되는 위협뿐 아니라 머릿속 생각까지 그를 괴롭혔다.

그는 2012년 〈가디언〉과의 인터뷰에서 이렇게 말했다.

"생각할 시간이 많았다. 내가 저지른 모든 실수가 후회됐다. 나는 이혼을 한 상태였는데 인간관계는 물론이고 사업, 심지어 항해도 전부 실패했다고 느꼈다. 이 시련을 헤쳐 나가 꼭 더 잘 살아보고 싶은 마음이 간절했다."

50일이 지났고 상황은 매우 절망적이었다.

망가진 고무보트에 펌프로 공기를 주입하려고 일주일 이상 애썼고 온몸의 힘이 빠져버렸다. 하지만 간신히 자신을 추슬러 임시로나마 보트를 고칠 수 있었다.

그다음에는 태양열 증류기가 고장 났다. 물이 세 병밖에 남지 않았으니 어차피 죽을 운명이라는 생각에 그의 몸과 마음은 완전히 무너졌다. 체중도 3분의 1이나 줄었고 이제는 쥐어짜 낼 힘도 없었다. 조명탄과 횃불도 구조 시도로 이어지지 못했다.

"저 바다에서 길 잃은 모든 사람의 영혼이 느껴졌다."

그러다 그가 바다로 내던진 생선 내장 때문에 바닷새들이 보트 위를 맴돌게 되었다.

과들루프 제도에 있던 어부들이 이 바닷새들에 주목했다. 어부들은 캘러핸이 고무보트에 탄 지 76일째 되는 날 그를 발견해 해안으로 데려갔다. 그는 결국 병원에서 회복됐다.

비록 너무 무섭고 끔찍한 시련이었고 거의 목숨을 잃을 뻔했지만, 캘러핸은 그 일을 후회하지 않았다. 그래서 그 후에도 항해를 그만두지 않고 계속했다.

그는 자신의 책 《표류: 바다가 내게 가르쳐준 것들》에서 감사하는 법을 배운 덕분에 이제는 자신의 삶을 후회하지 않게 되었다고 말한다.

"열악한 생활은 참으로 기묘하고도 소중한 풍요를 내게 선물했다. 고통, 좌절, 굶주림, 갈증 또는 외로움에 시달리지 않아도 되는 순간이 찾아올 때면 그 순간을 소중히 여길 줄 알게 된 것이다."

더욱 놀라운 건 그가 시련 속의 아름다운 순간들을 기억한다는 것이다. 맑고 별이 총총한 밤하늘의 광경은 경이로움 그 자체였다. '지옥에서 바라본 천국의 풍경'이었다.

힘들 때
꼭 기억해야 할 것

이 시간은 언젠가 끝나게 되어 있다. 그러면 전에 불가능하다고 느꼈던 삶에 감사하게 될 것이다.

고트피시가 알려준
자연의 법칙

촉수과에 속하는 골드새들 고트피시goldsaddle goatfish는 크기나 습성이 노랑촉수와 비슷한 아름다운 황금 물고기다. 녀석들은 하와이 인근에서 사람을 포함한 수많은 대형 포식자들의 위협에 노출돼 있다. 최근에 다이버들은 골드새들 고트피시와 똑같이 노란빛이 도는 황금색이지만 크기가 훨씬 더 큰 물고기가 같은 해역에서 헤엄치는 것을 발견했다. 그런데 다이버들이 물고기에 가까이 다가간 순간 그게 실은 큰 물고기 한 마리가 아니라 여덟 마리 정도의 평범한 골드새들 고트피시라는 사실을 알게 된다. 이 물고기는 위협을 느낄 때 여럿이 모여 완벽한 물고기 모양의 패턴을 이루어 헤엄치는 습성을 가지고 있다. 자연의 생명체가 함께 모여 헤엄쳐서 연약함을 감추는 수많은 사례 중 하나다.

인간도 서로를 구원해줄 수 있다. 해마다 일어나는 인권 투쟁, 재앙, 유행병은 사람들이 위기 상황에서 어떻게 협력하는지 보여준다. 이웃이 이웃에게, 친구가 친구에게, 연합국이 연합국에 도움을 받는다. 우리에겐 서로가 있다. 단결은 자연의 법칙이다.

비가
그칠 때까지

항상 긍정적이지 않아도 된다. 두려움, 슬픔, 분노가 느껴진다고 죄책감을 느끼지 마라. 비더러 멈추라고 한다고 비가 멈추는 건 아니다. 온몸이 흠뻑 젖을 정도로 그냥 쏟아지게 놔둬야 할 때도 있다. 비는 영원히 내리지 않는다. 아무리 흠뻑 젖어도 당신과 비는 엄연히 다른 존재다. 머릿속의 나쁜 감정은 당신이 아니다. *당신은 폭풍우를 경험하는 사람이다. 비바람에 쓰러질 수도 있지만 다시 일어설 것이다.* 이 비가 그칠 때까지 버티며 기다려라.

너 자신이 되어라

- 세상을 바꾼 칼 하인리히 울리히의 용기

'너 자신이 되어라.' 세상에서 가장 흔한 인생 조언이 아닐까. 하지만 그 말대로 하기란 절대 쉽지 않고 불가능할 때도 있다. 성 정체성이나 성 지향성sexual orientation 때문에 오명이나 범죄를 당한다고 상상해보라. 1830년대에 독일의 한 십대 소년은 남성에게만 성적으로 끌리는 자신을 발견했다. 당연히 소년은 그 사실을 숨기거나 억누르려 했을 것이다. 가족에게 말하기도 어려울 수밖에 없다. 실제로 그 소년 칼 하인리히 울리히Karl Heinrich Ulrichs는 30대 후반인 1862년이 되어서야 부모에게 자신이 남성에게 끌리는 동성애자Urning 라는 사실을 밝혔다(이 단어는 그가 플라톤의 《심포지엄》을 참고해 만든 것이다). 울리히는 이 사실을 가족에게 알린 후 더 큰 발걸음을 내디뎠다. 성적 개혁의 필요성을 주장하는 책을 쓰기 시작한 것이다. 처음에는 익명으로 썼지만 곧 본명을 당당히 드러낸다. 동성애에 대한 과학적 이해를 옹호하는 그의 글은 끊임없이 법과 충돌했지만 그래도 그는 멈추지 않았다. 또한 뮌헨의 독일법학자위원회 앞에 서서 반동성애자 법의 폐지를 요구하기도 했는데 당시 반대하는 사람들의 소리가 엄청나서 그의 말소리가 들리지 않을 정도였다고 한다.

지금은 동성애자 권리에 한 획을 그은 인물로 인정받지만 울리히의 삶은 절대로 순탄하지 않았다. 그의 메시지와 캠페인, 그 자신의 정체성조차 격렬한 반대에 부딪혔다. 그가 쓴 책은 작센과 베를린, 프로이센 전역에서 금지되고 경찰에 압수됐다. 하지만 그의 정신은 흔들림이 없었으며 동성애자의 권리라는 주제에만 국한되지도 않았다(그는 하노버 합병 후 프로이센의 통치에 반대해 수감된 적도 있다). 나중에 건강이 나빠져서 이탈리아 남부로 옮겼고 건강을 회복한 뒤에는 계속 책을 쓰고 자비로 출판한다.

오늘날 그가 남긴 유산은 어마어마하다. 로버트 비치Robert Beachy 교수는 울리히가 '세상에서 처음 공개적으로 커밍아웃한 사람'이라고 했다. 독일 전역에 그의 이름을 딴 거리가 있다. 국제 LGBTI 법률 협회The International Lesbian, Gay, Bisexual, Transgender and Intersex Law Association는 그의 이름으로 상을 수여하고 있다.

개인적으로 엄청난 대가를 치러야 했지만 울리히는 진짜 자신의 모습을 따른 것에 대해 후회하지 않았다. 그는 진정한 자신의 모습을 받아들인다는 이유만으로 소외당하고 벌받는 사람들을 옹호하는 게 올바른 일이라는 사실을 후대 사람들로부터 인정받을 필요조차 없었다. 그는 생애가 끝나갈 무렵 이렇게 말했다.

"아주 오랫동안 나나 나 같은 사람들에게 독을 주입한 유령과의 싸움에 직접 나설 용기가 있었다는 데 대해 나는 죽는 날까지 자부심을 느낄 것이다. 너무도 많은 이들이 모든 행복을 거부당하고 자살로 내몰렸다. 나는 대중의 경멸이라는 괴물이 날린 첫 번째 타격에 용감하게 맞섰다는 사실이 자랑스럽다."

이 사실을 꼭 기억해야 한다. 자신이 이해하지 못하는 신념이나 정체성을 가진 사람들에게 오명을 씌우고 범죄를 가하는 이들은 지금도 여전히 있지만, 울리히처럼 아무리 큰 대가를 치르더라도 있는 그대로의 모습으로 맞서는 사람들도 있다. 그런 사람들은 오명을 쓰거나 소외당하거나 진실을 배척당해본 적 있는 모든 이들에게 깊은 영감과 위안을 준다.

마음을
스크롤하다

소셜 미디어는 당신이 살고 있지 않은 삶을 보여주는 갤러리와 같다. 당신이 따라하지 않는 다이어트, 참석하지 않은 파티, 떠나지 않은 휴가, 즐기지 않는 재미…. 잠깐 소셜 미디어를 제쳐두고 자신의 마음을 스크롤해보자. 의식을 스크롤하며 내가 나라서 감사한 이유를 찾아보자. 정말로 두려워해야 할 일은 남들과 비교하느라 나를 돌아보지 않는 것이다.

삶의
흐름

현재 나의 우울증은 많이 회복됐지만 그 문은 절대 완전히 닫히지 않고 항상 약간 열려 있다. 가끔 유령처럼 가까이에 있는 게 느껴진다. 보이지 않지만 느껴진다. 그 사실을 받아들이기까지는 시간이 걸렸다. 예전에 나는 뭐든 둘 중 하나라는 어두운 흑백 논리에 사로잡혀 있었다. 이런 믿음은 무척 위험하다. 조금이나마 우울감이 느껴지면 다시 아팠던 시절로 돌아갈 거란 생각에 불안하고 우울해지기 때문이다. 결국 말은 씨가 된다. 아프다고 믿으면 진짜 아프게 된다.

건강, 특히 정신건강은 애매모호한 점이 많다. 이것인지, 저것인지 확실하지 않을 때가 많다. 경증에서 중증 질환에 이르기까지 수많은 이름표가 있지만 현실적으로 '이건 무엇이다.'라고 확실하게 정의하고 이름표를 붙이기가 어렵다.

게다가 정신건강은 한번에 확실하게 해결할 수 있는 것도
아니다. 마치 정원을 가꾸듯 살아있는 한 계속 돌봐야 하는
것이다.

이 사실을 받아들이면 마음이 불편해지지만 한편으론 위
안이 되기도 한다. 나쁜 감정과 기억이 또다시 돌아올 수 있
다는 사실 때문에 불편해지지만 돌아오더라도 그 순간적이
고 변화무쌍한 본질을 알기에 받아들일 수 있는 것이다.

삶의 흐름을 거스르면 저항을 계속 만난다. 하지만 *생각
이 그저 흘러가게 내버려두면 불확실하지만 자유로운 강이 만
들어진다.*

좋은
슬픔

나쁘지 않은 것 같은 부드러운 슬픔을 느낄 때가 있는가?
잃어버린 과거나 빼앗긴 미래에 대한 향수처럼, 안타까우면
서도 따뜻한 기억을 상기해주는 그런 슬픔 말이다. 그런 경
험을 할 수 있었다는 사실만으로 마음이 따뜻해지는 슬픔들.
삶에는 좋은 슬픔도 있다.

죠스와
니체

우리는 지금 여기 존재하지만 언젠가는 존재하지 않게 된다. 이 사실에 두려움을 느껴도 괜찮다. 사실 두려움을 느끼는 편이 더 나을 수도 있다. 문화 인류학자 어니스트 베커Ernest Becker는 이렇게 말했다.

"온전하게 산다는 건 모든 것의 근저에 깔린 공포의 울림을 의식하고 살아가는 것이다."

두려움은 전혀 부끄러워할 일이 아니다. 죽음에 대한 두려움은 우리를 현재로부터 멀어지게 하는 미래에 대한 두려움이자 막연한 것에 대한 두려움이다. 따라서 그 두려움에 대한 해답은 지금 여기에 존재한다.

내가 신경쇠약의 구렁텅이에 빠졌을 때 삶의 공포와 죽음의 공포는 똑같이 컸다. 삶이 주는 고통이 무서웠고 모든 게 끝나버리는 죽음도 무서웠다. 모순처럼 들리지만 자살 충동이 가장 컸을 때만큼 죽음이 두려웠던 적은 없었다. 이 두가지는 본질적으로 서로 연관이 있는 것처럼 보였다. 정반대였지만 결국 똑같았다. 불확실함은 두려움을 부채질한다. 선택은 불확실함의 고통을 제어할 수 있는 무언가로 바꿔준다. 정말이지 바보 같지만 내가 죽고 싶었던 이유는 죽고 싶지 않았기 때문이었다.

모든 두려움이 마찬가지지만 죽음에 대한 두려움은 입 밖으로 꺼내 눈에 보이게 하지 않으면 더욱더 심해진다. 두려움은 눈에 보이지 않으면 더 강해진다. 영화〈죠스〉 때문에 사람들은 백상아리를 두려워한다. 하지만 이 여름 블록버스터 영화는 시작한 지 1시간 21분이 지나서야, 절반이 한참 지나서야, 그 무서운 상어를 제대로 보여준다. 사실은 시시할 정도로 현실적인 이유에서인데, 당시 기계 상어를 제대로 조작하기가 쉽지 않았기 때문이다. 어쨌든 핵심은 이거다. 상어가 눈에 보이지 않아서 더 무섭다는 것.

죽음도 마찬가지다. 죽음은 섹스보다도 더 사람들이 이야기하기 불편해하는 주제다. 특히 현대 서양 문화권에 속한 사람들에게는 더더욱 그렇다. 하지만 사람들의 가장 깊은 관심사의 토대를 이루는 것도 죽음이다.

죽음은 삶의 일부다. 죽음은 삶을 정의한다. 우리가 살아가는 시간, 옆에 있는 사람들과의 관계를 더 소중하게 만들어준다. 노래만큼이나 노래가 끝난 후의 적막도 중요하다.

니체는 말했다.

"선율의 끝이 선율의 목표는 아니다. 하지만 선율이 그 끝에 도달하지 못하면 그 목표에도 도달할 수 없다."

물속으로
뛰어들기

우리는 있어야 할 곳에 있다. 우리는 과거에서 살지 않는다. 과거도, 미래도 없다. 일련의 현재만 있을 뿐. 현재가 계속 이어진다. '현재에 머무르는 법'을 가르쳐주는 명상법과 온라인 웹사이트가 넘쳐나지만 사실 우리는 이미 이것을 하고 있다. 우리는 현재를 살아간다. 에밀리 디킨슨은 "영원은 현재로 이루어진다."라고 말했다. 굳이 노력하지 않아도 우리는 현재에 머문다.

우리가 아직 오지 않은 미래를 상상하거나 과거를 애도할 때도 우리는 현재를 산다. 기억하거나 꿈꾸는 일은 오직 현재의 도구를 이용해서만 가능하기 때문이다. 우리에겐 오늘만 존재한다. 어제도 내일도 오늘이다.

현재를 살아간다는 건 물론 다른 것도 의미한다. 걱정에서 벗어나 *현재를 즐기는 것*, 앞으로 무슨 일이 생길까 초조해하거나 엄지가 아프도록 인스타그램을 스크롤하지 않고 *이 순간을 살아가는 것* 말이다. 헨리 데이비드 소로의 말처럼 "모든 파도에 뛰어들어 모든 순간 속에서 영원을 찾는 것"이다. 솔직히 좀 피곤할 것 같기도 하고 어쩌면 비현실적일 수도 있다. 전혀 눈에 띄지 않는 지극히 평범한 순간도 있을 것이다. 매 순간을 심오하게 살아야 한다는 압박감은 오히려 실패할지도 모른다는 부담만 보탤 수도 있다.

아이러니하게도, 내 경험상 모든 순간 속에서 영원을 발견하는 것과 가장 가까웠던 경험은 자살 충동이 들 만큼 우울증이 심했을 때였다. 현재에 머무르고 있다는 사실이 괴로울 정도로 선명하게 느껴졌다. 모든 순간이 영원처럼 느껴졌다. 시간의 파도로 뛰어들 때마다 익사할 것만 같았다. 물에 잠겨서 숨을 쉴 수가 없었다.

그 순간에서 나갈 수 있다면, 그 순간을 의식하지 않을 수 있다면, 현재에 머무르지 않고 완전히 무신경할 수 있다면, 무슨 짓이든 할 수 있을 것 같았다. 더 나은 미래로 달려가거나 과거로 도망치거나. 그래서 내가 생각하기에는 '현재에 머무르는 것'만으로는 충분하지 않다. 현재에 머물러도 죽지 않는다는 확신이 필요하다.

나를 포함한 많은 사람들에게는 자신이 완전주의자com-
pletist라는 사실이 현재를 즐기지 못하게 만드는 장벽이다.
끝나지 않은 일들이 너무 많아서 좀처럼 가만히 앉아 그냥
존재하지 못한다. 답장 없는 이메일, 미납 청구서, 달성되지
않은 목표. 할 일이 이렇게나 많은데 어떻게 그냥 가만히 존
재하고만 있을 수 있을까?

성취하기 가장 어려운 꿈은 '이루지 못해도 고통스러워하
지 않는 꿈'이다. 성취하지 못한 것을 인간의 자연스러운 상
태로 받아들이는 것. 불완전 속에서 완전해지는 것. 기억과
야망의 속박에서 벗어나는 것. 다른 사람 또는 가상의 자아
와 비교하지 않는 것. 아무런 목적 없이 자유롭게 순간을 그
저 맞이하는 것이다.

이 이메일을 받았을 때
당신이 평온하기를 바랍니다

이 이메일을 받았을 때 당신이 평온하기를 바랍니다.

받은 편지함에서 이 이메일을 보고 허둥대지 않기를 바랍니다.

우주의 커다란 섭리 안에서 볼 때 이 이메일이 하나도 중요하지 않다는 것을 당신이 알았으면 좋겠습니다.

이 이메일을 받았을 때 당신이 일을 다 끝내지 못했어도 행복하기를 바랍니다.

이 이메일을 받았을 때 당신이 아름다운 하늘 아래에서 인자한 어머니처럼 머리카락을 어루만져주는 바람을 맞으며 서 있다면 좋겠습니다.

이 이메일을 받았을 때 당신이 바닷가나 호숫가에 누워 있기를 바랍니다.

이 이메일을 받았을 때 당신의 얼굴에 햇살이 비치면 좋겠습니다.

이 이메일을 받았을 때 당신이 행복하게 달콤한 포도를 먹고 있으면 좋겠습니다.

이 이메일을 받았을 때 당신이 평온하다면 좋겠지만, 그렇지 못해도 괜찮습니다. 살다 보면 운 나쁜 날도 있으니까요.

이 이메일을 받았을 때 당신이 훌륭한 시처럼 좋은 글을 느긋하게 음미하고 있으면 좋겠습니다.

이 이메일을 받았을 때 당신이 일과 멀리 떨어진 곳에 있으면 좋겠습니다.

미래에 대한
단상

특히 서양 문화권에 사는 사람들이 느끼는 불안감은 미래에 걱정이 없기를 바라는 마음 때문에 생긴다. 하지만 당연히 그건 확실하지 않은 걱정이다. 미래란 확실한 내용이 명시된 계약서에 서명하기를 거부한다.

동양 철학에서 큰 영향을 받은 영국의 철학자 앨런 와츠 Alan Watts는 미래는 알 수 없다는 본질을 일깨워준다.

"만약 확실한 미래 없이는 행복해질 수 없다면, 빈틈없는 계획을 세워도 사고가 일어나고 결국 끝에는 죽음이 찾아오는 이 유한한 세계에 적응할 수 없다."

다시 말해, 행복하기 위해 미래에 고통이 없기를 바란다면 행복해질 수 없다. 그건 마치 항해를 앞두고 바다가 움직임을 멈추기를 바라는 것과 같다.

당신은
그대로 딱 좋다

당신의 가치는 정당화할 필요가 없다. 당신이 가치 있는 이유는 열심히 일하거나 돈을 많이 벌거나 높이 점프할 수 있거나 식스팩을 가지고 있거나 사업체를 일구었거나 친절하거나 셀카를 찍었을 때 돋보이거나 TV 프로그램을 진행하거나 악보 없이 피아노로 〈엘리제를 위하여〉를 칠 수 있어서가 아니다. 당신이 소중한 데는 이유가 없다. 당신은 그대로 딱 좋다. 당신은 물이 가득 찬 컵이다. 당신이라서 소중하다. 항상 그걸로 충분하다.

당신이 행복하지 않은
열 가지 이유

하나, 내가 아닌 다른 사람이 되고 싶어 하기 때문에.

둘, 돌이킬 수 없는 과거를 돌이킬 수 있기를 바라기 때문에.

셋, 상처를 준 당사자가 아닌 엉뚱한 사람들에게 상처를 풀기 때문에.

넷, 고통을 잠시나마 잊으려고 더 큰 고통을 주는 일을 하기 때문에.

다섯, 자신을 용서하지 못하기 때문에.

여섯, 자기도 잘 모르는 사람들이 자신을 이해해주길 바라기 때문에.

일곱, 행복은 모든 걸 다 끝마쳐야만 도착할 수 있는 목적지라고 생각하기 때문에.

여덟, 예측 불가능한 것들로 가득한 세상에서 무언가를 통제하려 하기 때문에.

　아홉, 아픈 기억을 피하려고 지금 이 순간을 밀어내기 때
문에.

　열, 행복을 의무라고 생각하기 때문에.

너무 무거운
갑옷을 벗을 시간

감정의 갑옷이 실제로 당신을 보호해주고 있는지 확인해보라. 움직일 수 없을 정도로 너무 무겁지 않은지.

존재하는 한

당신의 가치는 당신 자신이다. 존재한다는 게 당신이 가진 가치다. 당신의 가치는 바로 여기 있다. 노력해서 얻어야 하는 게 아니다. 돈 주고 사는 것도 아니다. 지위나 인기, 멋진 몸매, 멋진 주방에서 나오지 않는다. 존재 자체가 바로 당신의 가치다. 모든 아기가 그렇듯이 당신은 가치를 가지고 태어났고 그 가치는 어른이 되었다고 사라지지 않는다. 당신은 존재하기에 가치 있다.

포기하지 않는 작은 희망보다 강한 것은 없다.
포기하지 않는 작은 희망보다 강한 것은 없다.

비 맞아도
괜찮아

비 멈추는 법을 배우는 것보다 비 맞고도 행복한 법을 배우는 게 더 쉽다.

PART 3

완벽하지 않아도
나무는 나무

촛불
켜기
∧∧

어두우면 자신이 가진 게 보이지 않는다. 그렇다고 내가 가진 게 사라진 건 아니다. 그들은 여전히 내 앞에 있다. 촛불을 켜듯 희망에 불을 붙이면 잃어버린 줄 알았던 것들이 그저 숨어 있었을 뿐이라는 사실을 알게 된다.

우리는 모두 몸 안에
성냥갑을 하나씩 가지고 태어난다.

──
라우라 에스키벨Laura Esquivel,
《달콤 쌉싸름한 초콜릿》

행복을 담는
가방
∧∧

행복한 순간은 소중하다. 꼭 잡아 소중하게 보관해야 한다. 글로 적어두고 가방에 넣어놓자. 머릿속에 그 가방을 항상 가지고 다니자. 절대 행복해질 수 없을 것만 같은 순간을 위해서. 행복을 되새기면 정말로 행복해질 수 있다.

가장
소중한 것

∧∧

현재는 알지만 미래는 알 수 없다. 현재는 확실하지만 미래
는 추상적이다. 미래를 걱정하느라 현재를 망치는 건 아직
소유하지도 않은 것을 잃어버릴지도 모른다는 이유로 지금
가장 소중한 걸 태워버리는 것과 같다.

늑대처럼
울기
∧∧

울면 스트레스 호르몬이 분비된다. 욕하면 고통에 대한 내
성이 커진다. 분노는 행동할 이유를 준다.

  모든 감정을 온전히 느껴라.

  침묵과 미소가 고통에 반응하는 유일한 방법은 아니다.

  때로는 늑대처럼 울부짖는 것도 좋다.

고통은
참는 게 아니다
︽︽

실수로 다리에 불이 붙은 적이 있다.

열여섯 살이던 해의 마지막 날이었는데 마지막 날엔 늘 그랬듯이 애플 사이다를 잔뜩 마셨다.

친구네 집에서 자고 오기로 했고 마당에서 파티를 했다. 노팅엄셔의 겨울이 그렇듯 추운 밤이라 마당에 불이 피워져 있었다.

어쨌든, 내가 너무 불 가까이 있었던 건 분명하다. 사람들이 내 다리를 가리키며 마구 소리쳐서 아래를 내려다보니 청바지가 타고 있었다.

친구들까지 합세해 얼른 다리를 두드려 불을 껐다. 하지만 다리의 통증이 너무 심했다. 친구네 집 안으로 들어가 다리를 살폈다. 왼쪽 허벅지의 3분의 1이 보라색으로 변한 채

진물이 흘렀다. 징그러웠다.

"괜찮은 거야?" 사람들이 물었다.

도대체 왜 그랬는지 모르겠지만, 아마도 십 대의 창피함과 자의식이 고통보다 컸기 때문인지, 구급차를 불러주겠다는 제안을 거절했다. 하지만 고통이 너무 심해 잠도 오지 않았고 온 신경이 집중돼 참을 수 없었다.

그래서 친구 집에서 10킬로미터나 되는 길을 걸어 집으로 갔다. 기차 선로를 따라 절뚝거리며 걸었다. 애플 사이다의 취기가 사라지자 고통이 극심했다. 혼미해질 정도로 고통스러웠다.

계속 직진하면 괜찮아질 거야….

중간에 멈추기까지 했다. 앉아서 눈을 감았다. 화물열차가 굉음을 내며 지나갔다. 절대 집까지 갈 수 없을 줄 알았는데 어떻게든 갔다.

집에 가자마자 상처를 본 누나가 놀라서 거의 기절할 뻔하더니 당장 병원에 가자고 했다. 그래서 병원으로 갔다.

병원에 가서 상처를 치료했다.

"고통스러울 땐 절대 참아서는 안 돼."

의사가 말했다. 오랜 시간이 지나 자살 충동이 심해졌을 때 그 말이 떠올랐다.

"고통은 당장 조치해야 한다. 없는 척한다고 절대 사라지지 않으니까."

진정한
미덕
∧∧

불완전함은 인간적이다. 결함이 있다는 건 완전히 인간적인
일이다. 마음속 깊은 곳에 우리가 살아가는 시대와 장소, 살
아온 환경에 대한 편견이나 불확실한 생각이 자리한다는 건
지극히 인간적이다. 사람은 끔찍한 동시에 기적 같은 존재
다. 탁월하고 선하기도 하지만 끔찍할 정도로 엉망진창이기
도 하다. 문제가 있는 사람을 '나와 다른 사람'으로 본다면
결코 스스로 변할 용기를 얻지 못할 것이다. 변화에는 큰 용
기가 필요하다. 마야 안젤루는 용기야말로 가장 중요한 미
덕이라고 말했다.

"용기 없이는 그 어떤 미덕도 일관성 있게 실천할 수 없기
때문이다."

용기는 자신을 똑바로 바라보기 위해 꼭 필요하다. 문제

가 있다는 사실을 받아들이지 않으면 절대로 자신의 결점을 솔직히 인정하거나 바로잡을 수 없다. 성장하려면 열린 빛이 필요하다. 다른 사람의 부족함을 지적함으로써 우월한 기분을 느끼면 절대로 용기의 미덕을 갖출 수 없다. 진정한 미덕은 내면의 결함과 갈망을 들여다보고 자기 잘못과 모순을 바로잡을 때 얻을 수 있다.

미덕은 여정이지 목적지가 아니다.

완벽하지 않아도
나무는 나무
∧∧

완벽은 이 세상의 것이 아니다. 고대 그리스의 플라톤은 사물의 이상적인 형태를 생각하는 것이 중요하다고 이야기했다. 이상적인 사랑, 이상적인 사회, 이상적인 정부, 이상적인 모양. 완벽한 형태가 무엇인지 알아야만 지금보다 나아질 수 있다는 것이다. 이를테면, 자연에 완벽한 정사각형이 존재하지 않을지라도 건축가와 도시계획가는 사각형의 이상적인 형태가 무엇인지 알아야 한다. 그래야만 완벽한 형태를 추상적인 영역에서 빼내어 최대한 재현해낼 수 있기 때문이다. 마찬가지로 우정과 교육, 정의의 완벽한 형태가 무엇인지 알아야 친구, 교사, 판사가 실천을 할 수 있다는 것이다.

뭐, 다 좋은 말들이다. 플라톤은 철학자이자 레슬링 선수였으니 나는 그의 이론에 토를 달 생각은 없다. 하지만 넉넉

한 통장 잔고와 개인 트레이너가 있어야 완벽함에 이를 수 있다면 문제가 될 것이다. 그런 것들이 있어도 인간은 여전히 불완전한 존재인데, 플라톤의 세계에서처럼 완벽해질 수 있다고 믿으면 더 끔찍한 기분이 들 테니까.

내가 플라톤의 주장에 토를 달고 싸움을 걸지 않아도 되는 이유는 아리스토텔레스가 이미 그렇게 했기 때문이다. 플라톤의 제자였던 아리스토텔레스는 좀 더 느슨하고 현실적으로 삶에 접근했다. 그는 본질적인 형태를 추상적인 세계의 관점으로 해석해서는 안 된다고 믿었다. 본질적인 형태는 우리가 살아가는 이 세상에 있기 때문이다. 플라톤의 나무는 이상적인 나무를 흉내 낸 것에 불과하지만, 아리스토텔레스의 나무는 나무의 가장 중요한 본질을 담고 있다.

우리는 절대 추상적이고 완벽한 이상에 도달할 수 없다. 그것은 닿을 수 없는 무지개와 같다. 이상이 아닌 현실에서 위안을 찾는 편이 훨씬 낫다. 나무는 나무의 본질적인 형태로 바라봐야 한다. 마찬가지로 존재하지도 않고 영원히 닿을 수도 없는 이상에 닿으려 하지 말고 자신의 본질을 바라보고 가꿔야 한다.

가진 것을 보라. 이상 세계가 아닌 현실 세계에 머물러라.

완벽하지 않은 사각형, 못난이 나무가 되어라. 진짜 내가 되어라.

행동으로
판단하지 말 것
∧∧

아이에게 쓸모없다고 말하면 아이는 정말로 자신이 쓸모없는 사람이라고 믿기 시작할 것이다. 마찬가지로 우리가 자신에게 쓸모없다고 말하면 정말로 그렇게 된다. 우울증에 걸린 사람이 세상 모두가 자신을 싫어한다고 믿는다면 생각이 현실로 이루어지게끔 행동할 것이다. 세상 모든 것이 무조건 '좋다'와 '나쁘다'로 나뉜다고 생각한다면 한 번의 실수로 자신을 판단할 수밖에 없다. 우리에게는 친절이 필요하다. 부분적인 행동만으로 그 사람의 전체를 판단해서는 안된다. 자기 자신도 마찬가지고.

쿨하게 말고
따뜻하게

멋져 보이려고 전전긍긍하지 마라. 쿨한 사람들은 어떻게 생각할까 고민하지 마라. 인생은 쿨함이 아닌 따뜻함이다. 사람이 쿨해지려면 생명이 다해 온기가 식었을 때에야 가능하다. 따뜻한 사람들과 함께하라. 삶은 따뜻해야 한다.

놀라운
증거
∧∧

인간의 생명력을 증명하는 놀라운 증거는 인간의 존재 그 자체에 있다. 우리는 무려 15만 세대에 걸쳐 지금 이 자리에 와 있다. 이 사실을 떠올려보면 거의 불가능에 가까운 일이 실현된 것임을 알 수 있다. 생존은 고통스럽고 확률도 낮다. 우리보다 먼저 존재했던 모든 이들은 기어코 살아남아 짝을 만나 존재의 사슬을 이어왔다. 한마디로 불가능에 가까운 확률이다. 우리는 꿈과 같은 현실 속에 존재한다. 우리는 무 無에서 만들어진 불꽃이다. 불가능을 뚫고 지금 이렇게 존재하는 것이다.

분명한
진리
∧∧

당신은 지금 여기 있다. 그걸로 충분하다.

포기하지 않는 작은 희망보다 강한 것은 없다.
포기하지 않는 작은 희망보다 강한 것은 없다.
이보다 더 강한 것은 없다.

때로는 이상한 생각도
필요하다
∧∧

이상한 건 좋은 것이다. 괴짜는 좋은 것이다. 남들과 다르다는 건 좋다.

철학자 존 스튜어트 밀은 괴짜라는 소리를 듣더라도 순응과 관습의 횡포를 타파하는 것이 시민의 의무라고 했다. 겉으로는 그렇게 보이지 않아도 모든 사람에게는 별난 부분이 있다. 생각의 주변부에서 떠오르는 생각들, 생각에 불을 붙일 무작위의 불꽃들, 남들과 다른 관점 또는 정치적 논쟁의 다른 측면을 보여주는 생각들, 다른 사람들의 생각과 같지 않은 생각, 다른 사람들의 취향에 반하는 취향 등등. 특히 나이가 들수록 유행을 거스르고 관습에 얽매이지 않는 건 좋은 일이다. 항상 새로움과 놀라움이 있을 수 있기 때문이다. 우리는 누구나 커버 곡이 아닌 새로운 노래가 될 수 있다.

밖은
자유다
∧∧

물론 안에 있으면 편하다. 안전하게 보호받는 느낌이 든다. 하지만 밖에도 편안함이 있다. 밖은 자유롭다. 밖에서는 자기만의 자리를 찾을 때까지 계속 움직일 수 있다. 나만의 자리를 스스로 정하고 거기 머물 수도 있다.

깨달음

∧∧

나는 사람들과 잘 어울리지 못하는 게 늘 걱정스러웠다. 하지만 내가 사람들과 어울리지 못하는 이유는 사람들에게 맞추고 싶지 않기 때문이라는 걸 깨달았다.

마음에서 벗어나려면
세상과 통해야 한다
∧∧

루트비히 판 베토벤의 청각은 서른두 살 무렵부터 빠르게 나빠졌다. 그는 자신이 느낀 좌절감을 편지에 적어 형제들에게 보냈다. 나날이 안 좋아지는 청각 때문에 혼란스러운 것일 뿐인데 남들이 자신을 '악랄하고 고집스럽고 사람을 싫어하는 것'으로 보는 것 같다고 했다. 또한 한동안 작곡을 거의 하지 못했다는 이유로 자신을 '형편없는 인간'이라고 자책하며, 셰익스피어가 〈햄릿〉을 쓸 때 집필 기간이 오래 걸리자 스스로를 게으름뱅이라고 했던 일화를 언급하기도 했다.

편지에서 베토벤은 시골에서 양치기가 노래를 부르거나 누군가가 피리를 연주할 때 아무 소리를 듣지 못한 일도 적었다. 그런 일들은 그를 절망에 빠뜨렸다.

"죽고 싶을 만큼 괴로웠지만 오직 음악만이 날 붙잡았다. 내가 만들어야 할 음악을 전부 다 만들기 전까지는 절대로 이 세상을 떠날 수 없으니까⋯."

'오직 음악만이 날 붙잡았다.'

그래서 베토벤은 살았다. 청각장애가 심해져도 (음악가에게 그보다 더 큰 고통은 없으리라) 계속 음악을 만들었다.

흔히 '월광 소나타'라고 불리며, 베토벤의 대표적인 작품 중 하나이자 음울한 분위기를 풍기는 〈피아노 소나타 14번〉은 베토벤이 귀가 완전히 들리지 않게 되었을 때 작곡했다. 세상 사람들에게 사랑받는 음악을 만든 이가 정작 그 음악을 들어보지 못했다니 너무도 큰 비극이 아닐 수 없다. 하지만 그에겐 열정이 있었다. 찰스 디킨스부터 조지아 오키프 Georgia O'Keeffe(미국의 대표적인 모더니즘 화가—옮긴이)까지 창작에서 위안과 목적을 얻은 감성 풍부한 예술가들이 많다.

피아노 교향곡을 작곡할 필요까진 없지만 우리는 자신만의 열정을 찾아 몰입해야 한다. 자기 밖에 있는 무엇이라도 괜찮다. 몇 년 전 나는 드라마 〈왕좌의 게임〉 시리즈에 빠진 덕분에 불안을 잊을 수 있었다. 농담이 아니다.

호기심과 열정은 불안의 적이다. 깊은 불안에 빠져 있을 때 뭔가 관심 가는 것이 생기면 *그것이 당신을 우울증에서 끌어내 줄 수 있다.* 음악, 미술, 영화, 자연, 대화, 글 뭐든 될 수 있다.

두려움만큼 큰 열정을 찾아라.

마음의 감옥에서 벗어나려면 반드시 세상과 통해야 한다.

조이 하조와
하나의 목소리

ΛΛ

조이 하조Joy Harjo는 다음과 같이 썼다.

"사람은 누구나 할 일을 가지고 세상에 나온다. 회사나 직장에서의 직업을 말하는 것이 아니다. 누구나 세상에 나눌 선물을 가지고 태어난다. 동물, 식물, 광물, 구름 할 것 없이 모든 존재가 그렇다."

조이 하조는 오클라호마 털사에서 태어났고 머스코기 Muscogee(또는 크릭Creek)족 원주민이다. 그녀는 북아메리카 원주민 최초로 미국의 계관 시인이 됐다. 그녀 자신의 유산과 인간의 깊은 잠재의식을 담아내는 그녀의 시는 아름답다. 그녀는 사회 운동가이기도 한데 여러 분야에 관심을 기울인다. 북아메리카 원주민의 인권, 페미니즘, 기후 변화에 관해 목소리를 내는 그녀는 이 모든 게 서로 연결되어 있다고 생각한다. 모든 것이 하나의 전체라는 생각은 그녀 작품의 주제이기도 하다.

"기도할 때 / 모든 당신이 열립니다 / 하늘, 땅, 태양, 달 / 하나의 목소리는 바로 당신입니다."

하조는 다른 방법으로도 이 주제를 표현한다. 공연할 때 산문, 시, 음악을 마치 하나인 것처럼 합친다. 〈아, 색소폰〉이라는 시를 쓰면서는 색소폰에 대해 이렇게 말한다.

"우리 인간이 가진 모든 사랑이 달콤하게 깊은 소리를 내고 우리는 하늘을 난다."

그녀는 시뿐만 아니라 음악으로도 상을 받았다. 재미있게도 처음 색소폰 연주를 배웠을 때 그녀의 나이는 40대였다. 흥미로우면서 왠지 위로가 된다. 가치 있는 일을 시작하기에 결코 늦은 때란 없다는 뜻이니까.

나는 열세 살에 피아노를 그만뒀다. 그전까지 부모님이 매주 피터스 선생님에게 피아노 교습을 받게 했다. 사춘기가 된 나는 친구들에게 피아노 교습 때문에 금요일 저녁에 놀지 못한다고 말하고 싶지 않았다. 다른 관심사들이 어린 내 마음속을 차지해버렸고 베토벤의 〈엘리제를 위하여〉나 모차르트의 〈가보트〉는 나와 전혀 상관없는 일이 되어버렸다.

그 후 가끔 피아노를 계속했더라면 어땠을까 생각할 때마다 후회가 들었다. 그렇다고 뭔가를 한 건 아니다. 그러다 마흔다섯 살이 된 2021년, 코로나19로 인한 봉쇄 기간에 아이들과 함께 피아노를 다시 배우기 시작했다. 물론, 열한 살과 열두 살짜리 아이들 옆에서 뭔가 배우려니 좀 창피하다. 마치 엄청나게 빠른 돛새치 옆에서 헤엄치는 법을 배우는 것 같다. 하지만 발전하는 게 보이고 실제로 피아노를 칠 수 있게 돼서 기분이 무척 좋았다. 정말 성장에는 나이 제한이 없다는 걸 깨달았다.

음악을 늦게 시작한 사람은 조이 하조만이 아니다. 레너드 코헨Leonard Cohen은 30대가 돼서야 가수 활동을 시작한 걸로 유명하다. 베르디는 어릴 때부터 음악적 재능은 있었지만 대표작은 거의 쉰 살 이후에 썼다. 오페라 〈오텔로〉를 완성했을 땐 그의 나이 일흔셋이었다.

나는 절대로 베르디나 조이 하조는 물론이고 무서운 속도로 배우는 열두 살 아들의 재능을 따라가지 못할 테지만, 악기를 연주할 능력이 있다는 것만으로 즐겁다. 그걸로 충분하다. 음악의 즐거움은 음악에 있다. 악기를 연주하고 듣는 것. 그 기쁨은 문을 활짝 열어놓고 모두를 환영한다.

그게 우리가 할 수 있는 전부가 아닐까? *최대한 많은 문을 열어두는 것. 자신의 전부를 받아들이고 계속 실패하는 것.* 하 조도 말했다.

"실수가 없는 곳에는 시가 없습니다."

차라리
실망시키는 게 낫다
∧∧

예전에 나는 사람들을 실망시키면 안 된다는 압박감을 느꼈
다. 그래서 좋아하지도 않는 일을 계속했다. 가기 싫은 모임
에 갔다. 대화 자체가 너무 고통스러운 사람들을 계속 만났
다. 거짓으로 미소 지었다.

    그러다 내 마음이 폭발해버렸다.

    자폭하는 것보다 사람들을 실망시키는 것이 더 낫다는 사
실을 그때 깨달았다.

자유와
양자물리학

∧∧

양자물리학에 따르면 우주의 법칙은 확률론이다. 가장 작은 입자 사이에도 완전히 예측 가능한 일이란 없다는 뜻이다. 불확실성, 완전히 예측하거나 측정할 수 없는 것들이 언제나 존재한다. 결정론은 양자 현실 앞에 큰 패배를 맛본다. 불확정성 원리를 내놓은 독일 물리학자 베르너 하이젠베르크는 초기 조건을 전부 알아도 파도와 입자의 행동을 확실히 예측하는 건 절대로 불가능하다는 사실을 발견했다. 마찬가지로 카오스 이론은 날씨처럼 규모가 큰 무언가라도 절대로 완전히 예측할 수 없음을 설명해준다(비가 온다는 예보가 있었는데 해가 쨍쨍해서 놀란 적이 얼마나 많은가?). 마찬가지로 신경과학자들은 뇌와 그 안의 신경 세포의 구조가 무작위적이라는 사실을 밝혔다.

다시 말해, 우주, 자연, 환경, 사람의 가장 확실한 특징은 불확실함이다. 기회가 들어갈 자리가 항상 있다는 뜻이다. 뭔가 달라지거나 움직이기 시작하면 알 수 없는 요소를 어느 정도 수반한 변화가 일어난다. 벽의 갈라진 틈새로 내리쬐는 빛, 허리케인, 뇌세포. 본질적으로 우주는 끊임없이 진화하는 가능성 그 자체다.

두려움은 우리가 '최악의 상황에 있는 게 확실하다'고 믿게 만든다. 하지만 미래는 다른 모든 것과 마찬가지로 불확실하고 예측 불가능하다. 그리고 열려 있으며 자유롭다. 삶의 미로에서 일어나는 아주 작은 일들도 전혀 예상치 못한 결과를 가져올 수 있다.

타인은
타인이다

⋀⋀

너무도 당연한 것들엔 뭐가 있는지 생각해보자. 평소 너무 당연해서 잊어버리기 쉬운 사실. 나는 타인이 아니다. 나는 나다. 나는 다른 사람을 통제할 수 없다. 그들이 세상을, 정치를, 나를 어떻게 생각하든 나는 어쩔 수가 없다.

당신은 그들이 어떤 해를 입힐지 통제할 수 없다. 당신에게 가해진 것이라고 해도 마찬가지다. 물론 우리는 서로에게서 배울 수 있고 때때로 타인도 당신에게 배움을 얻는다. 생각보다 드물지만 참 좋은 일이다. 문화 평론가이자 아티스트인 아이샤트 아칸비Ayishat Akanbi는 말했다.

"남들이 잘못을 인정해야만 당신이 치유될 수 있다고 생각한다면 당신이 묘지에 누울 때까지 그런 일은 일어나지 않을 것이다."

자기 안에 증오를 간직하고 있으면 누구도 아닌 자신을 벌하는 것밖에 안 된다. 타인은 타인이고 나는 나다.

그곳엔
없다

∧∧

당신의 자존감은 타인의 마음속에서 찾을 수 없다.

내가 되고 싶은 사람이
되는 법

∧∧

역사는 위안을 준다. 우리가 과거에 어떤 모습이었는지 알
수 있고 지금에 이를 수 있도록 잘 살아내 준 사람들에게 감
사한 마음이 든다. 과거에 살았던 사람들의 이야기는 우리
에게 힘을 준다. 인류가 무엇을 이루고 무엇을 견뎌낸 덕분
에 오늘날 보다 나은 세상이 만들어졌는지 알게 된다.

혹시 넬리 블라이Nellie Bly를 아는가?

그녀는 역사상 가장 열정적인 기자 중 한 명이었다.

사실 넬리 블라이는 필명이다. 그녀가 1864년 피츠버그에
서 태어났을 때 불린 이름은 엘리자베스 제인 코크런Elizabeth
Jane Cochran이었다. 열다섯 살 때 아버지가 돌아가시고 어머
니와 열네 명의 자녀들은 궁핍한 환경에 남겨졌다. 그래서
블라이는 돈을 벌러 나갔다.

저널리즘 분야에서 여성이 드문데다 대놓고 무시당했던 시절, 블라이는 간신히 지역 신문사에 취직해 일주일에 5달러를 벌었다. 하지만 육아나 살림 같은 분야의 기사만 쓸 수 있었다. 그래도 그녀의 칼럼은 큰 인기를 얻었다. 덕분에 좀더 탐사보도에 가까운 기사를 쓸 수 있었고 이혼법이 여성에게 미치는 영향 같은 실질적인 문제로 옮아갈 수 있게 됐다.

1887년 뉴욕으로 건너간 그녀는 유명한 신문 발행인 조셉 퓰리처를 만났다. 블라이는 그가 발행하는 출판물《뉴욕월드》에서 일하고 싶었다. 그는 그녀의 열정을 시험해보기 위해 악명 높은 여성 정신병원, 블랙웰 아일랜드 정신병원의 실태를 조사하는 일을 맡겼다. 위장하고 병원에 잠입해야 한다는 게 그녀의 흥미를 사로잡았다. 한마디로 미친 척하면서 모든 걸 쏟아부어야 한다는 뜻이었다.

결코 쉬운 일은 아니었다. 그녀는 '여성들을 위한 임시 보호소'라는 하숙집에 묵었고 피로하고 흐트러진 모습을 연출하려고 하룻밤을 꼬박 지새웠다. 그다음에는 미치광이 연기를 시작했고 정신감정 후 정신병원에 보내졌다.

그곳에서 그녀는 지옥 같은 상황을 경험하고 목격했다. 환자들을 학대하는 직원들, 밧줄에 함께 묶여 있는 정신적으로 아픈 여성들, 쥐가 득실거리는 병동, 썩은 음식, 더러운 식수, 같이 쓰는 목욕물, 딱딱한 의자, 잔혹한 처벌. 그녀가 또 재빨리 알아차린 사실은 많은 여성이 전혀 미친 것 같지 않은데도 끔찍한 대우를 받고 있다는 것이었다. 블라이는 아무리 정신이 멀쩡한 사람이라도 그곳에서 몇 시간만 있으면 미쳐버릴 거라고 생각했다.

그녀는 정신병원에 도착한 순간부터 미친 척하는 것을 그만두고 평소와 똑같이 행동했다. 하지만 직원에게 혹시 연필을 가져갔는지 물어보는 것 등 그녀가 하는 모든 정상적인 행동이 미쳤다는 증거로 취급받았다.

"분별 있게 말하고 행동할수록 미치광이 취급을 받았다."

그녀는 병원 직원들이 상태가 가장 심각한 환자들을 오히려 자극하는 모습도 목격했다.

《뉴욕 월드》가 열흘 후 병원 측에 사실을 밝히고 블라이를 퇴원시키라고 했다. 너무나 끔찍한 임무였다. 하지만 블라이는 그곳의 실상을 목격한 경험을 글로 쓰면서 정신병원과 정신질환에 대한 미국 대중의 관점을 바꾸는 데 이바지했다.

그녀가 2부에 걸쳐 쓴 기사 '정신병원에서의 열흘'이 발표

된 후 그 병원을 담당하는 주 정부의 부서가 예산을 100만 달러로 올렸다. 더 인상적인 사실은 공공 자선 및 교정부가 그녀의 조언을 채택했고 그 결과 몇 년 후에 그 정신병원이 폐쇄됐다는 것이다.

넬리 블라이는 유명해졌고 치열한 잠입 저널리즘의 새 시대를 열었다.

그녀는 여러 극적인 사건들을 취재했다. 처음에 피츠버그에서 쓴 살림 기사와는 완전히 거리가 멀었다. 정부의 부패에서 아기 매매 스캔들까지 다양한 사안을 다뤘다.

1889년, 그녀는 24,900마일(40,072킬로미터)에 이르는 세계 일주를 쥘 베른의 소설 《80일간의 세계 일주》에서 필리어스 포그가 세운 가상의 기록을 깨고 72일 만에 해냄으로써 더욱더 유명해졌다. 그 여행에서 그녀는 파리에서 쥘 베른을 만나고 중국의 나병 환자 수용지를 방문하고 수에즈 운하를 따라 여행했다. 배와 기차로 여행했고 가끔 당나귀도 탔다.

세계 일주를 할 때 수많은 이들이 그녀를 이기려고 뛰어들었지만 그녀는 그 여행을 시합으로 여기지 않았다. 그녀가 쓴 기사는 여행이 주는 매 순간의 아름다움을 깊이 음미했다는 것을 보여준다.

"나는 항상 안개가 좋았다. 눈부신 한낮의 햇살 속에서는 도무지 성의 없고 지극히 평범해 보이는 것들에 부드럽고 아름다운 빛을 준다."

나중에 제1차 세계 대전이 일어났을 때는 여성 기자로는 최초로 세르비아와 오스트리아의 분쟁 지역을 방문했고 영국 스파이로 오인돼 체포되기까지 했다(다행히 곧 풀려났다).

그녀의 유산은 계속 이어지고 있다. 언론상, 배, 아이스크림 가게, 심지어 놀이공원까지 그녀의 이름을 딴 것들이 수없이 많다.

날카로운 연필과 그보다 더 날카로운 정신만 있으면 무엇이든 할 수 있다는 증거다. 그녀는 말했다.

"올바른 방향으로 쓰이는 에너지는 무슨 일이든 해낼 수 있게 해준다."

그녀는 세상이 요구하는 역할을 전부 거부하고 스스로 되고 싶은 사람이 되었다.

엉망진창이라
오히려 좋아

∧∧

우리가 가장 되기 힘든 게 바로 자기 자신이다. 너무 많은 짐을 짊어지고 있어서 진짜 내가 누구인지 모를 수도 있다. 우리는 주의를 딴 데로 돌린다. 마음의 혼란에서 벗어나려고 일부러 삶을 어지럽힌다.

바깥의 잡동사니를 치울 때는 안쪽의 잡동사니도 들여다 보아야 한다. 엉망진창이다. 하지만 집중해서 볼수록 그 안에 질서가 보인다. 모든 건 그 자리에 있는 이유가 있다. 난장판을 정리하고 싶어질 수도 있고 난장판이어도 괜찮다고 느낄 수도 있다. 어느 쪽이든 괜찮다. 우리는 살아있기에 불완전한 존재니까.

우주가 폭발로 시작된 이후로 별들의 잔해가 계속 표류하며 뒤섞이고 있기에 우리는 필연적으로 '엉망진창'의 존재

다. '엉망진창'으로 뒤섞인 우주 속 '엉망진창'으로 뒤죽박죽
된 행성에 사는 '엉망진창' 그 자체인 포유동물이다. 그러니
마음속의 '엉망진창'을 부정하는 건 우리 자신을 부정하는
것이다. 내면의 혼란을 마주하고 허용하고 용서하면 불교
신자이자 심리학자인 타라 브랙Tara Brach이 말한 '근본적 수
용' 상태에 이를 수 있다. 자신의 결점이나 불완전함을 존
재의 지극히 자연스러운 부분으로 받아들이는 것이다. 그
러면 우리는 어수선한 찬장의 내용물처럼 움츠리며 자신을
닫으려 하지 않고 개방성과 정직함으로 존재할 수 있다. 살
수 있다.

'나다움'을
목표로

∧∧

자신이 아닌 무언가가 되려고 하면 항상 실패할 것이다. 자신이 되려고 하자. 나처럼 보이고 나처럼 행동하고 나처럼 생각하려고 하자. '나다움'을 받아들이고 지지하고 소중히 여기고 사랑하자. 사람들이 비웃어도 개의치 말자.

인간의 위대함에 대한 나의 공식은 바로 운명애Amor fati,
즉 자신의 운명을 사랑하는 것이다. 미래에도, 과거에도, 영원에서도
그 무엇도 달라지기를 바라지 않는 것. 필연적인 것을 견딜 뿐만 아니라
더욱이 그것을 감추지 않고 사랑하는 것이다.

———

프리드리히 니체

컵은 이미
다 찼다

∧∧

남들이 나를 어떻게 생각하는지는 통제할 수 없다. 그러니 걱정하지 마라. 나에 대해 자기들 마음대로 생각하고 싫어하려면 싫어하라지. 날 이해하려는 마음조차 없는 사람들에게 이해받으려고 괜히 기운 빼지 말자. 내 컵에는 물이 가득 차 있다. 자신에게 친절한 쪽을 선택하라.

석류가
되어라
∧∧

대부분의 뒷담화는 위장된 질투심이다. 대부분의 자기 의심은 위장된 순응이다. 엘리너 루스벨트는 말했다.

"누구도 당신의 동의 없이 열등감을 느끼게 할 수 없다."

그늘에서 나와 활짝 열린 곳에서 나로 있어라. 가장 중요한 성공은 진짜 내가 되는 것에 성공하는 것이다. 사람들에게 나를 맞추는 것도 괜찮다. 하지만 내가 아닌 다른 사람이 되어야 한다면 절대로 맞추려 하지 마라. 자신이 되어라. 다른 누가 결코 될 수 없는 존재. 사람들이 당신을 싫어하면 그냥 싫어하게 두어라. 모든 과일이 사과여야 할 필요는 없다. 내가 아닌 다른 사람인 척하면서 살아가는 건 너무 피곤한 일이다.

당신이 석류라면 그냥 석류가 되어라.

사과를 좋아하지 않는 사람보다 석류를 좋아하지 않는 사람들이 더 많을 것이다. 하지만 석류를 좋아하는 사람에게는 석류가 최고다.

그냥
존재하기

∧∧

잘못된 생각에서 나와라. 우리는 자신이 되기 위해 노력할 필요가 없다. 처음부터 나는 나로 태어났다. 노력할 필요조차 없다. 애쓰는 게 문제다. *존재는 노력해서 되는 게 아니다.* 자신을 그냥 존재하도록 두어라.

PART 4

어제를 후회하지도,
내일을 겁내지도 않기를

밤하늘을 평생 한 번만
볼 수 있다면

밤하늘을 한 번도 본 적이 없다고 상상해보자.

밤하늘을 볼 수 있는 날이 일생에 단 하루밖에 없다고 상상해보자.

단 한 번만 별을 올려다볼 수 있다고 상상해보자.

그렇다면 그때가 당신의 인생에서 가장 중요한 순간이 될 것이다. 그날에는 '별이 빛나는 기적의 밤'이나 '반짝이는 우주를 목격하는 경이로운 순간' 같은 이름이 붙을 것이다. 그날은 누구나 소파에서 일어나 휴대전화를 내려놓고 밖으로 나가 입을 벌리고 감탄하며 하늘을 올려다볼 것이다. 시공간을 통해 보내진 수많은 빛의 점들. 달을 바라보고 별과 행성을 구분하려고 할지도 모른다. 어느 게 금성일까 궁금해하며.

한마디로 단 한 번밖에 볼 수 없다면 분명 밤하늘을 당연하게 여기지 않을 것이다.

하지만 우리는 밤하늘을 당연하게 여긴다. 아무리 구름 한 점 없이 별빛만 환한 밤이라도 감상적인 경이로움에 젖어 밤하늘을 바라보는 일은 잘 없다. 그러나 흔치 않으면 경이로워진다. 이 지구, 우주에는 경이로운 것들이 넘쳐나지만 너무 많아 어느새 우리는 무감각해져 버렸다. 보통 심각한 위기가 닥쳤을 때 그 사실이 분명하게 보인다. 철학자 앨런 와츠의 말처럼 우리는 그럴 때만 "우주가 스스로를 들여다보는 카메라 조리개"가 돼 세상을 바라본다.

별을
보다

((○

우울증으로 죽고 싶었던 어느 날 구름 한 점 없이 무수히 많은 별로 가득한 밤하늘을 올려다본 기억이 난다. 마음의 고통이 너무 커서 몸까지 아플 지경이었다. 하지만 우주의 한 지점을 지나가고 있는 하늘을 바라보자 언젠가 저 풍경을 바라보며 음미할 수 있게 되리라는 희망이 샘솟았다. 아름다움은 삶에 대한 희망과 경이로움으로 숨 막히게 한다. 세상에는 그런 순간이 가득하다. 어둠 속에서 빛나는 그런 순간은 원한다면 얼마든지 우리의 것이 될 수 있다. 마르쿠스 아우렐리우스는 2,000년 전 《명상록》에 이렇게 적었다.

"삶의 아름다움에 푹 빠져라. 별을 보아라. 별과 함께 달리는 자신을 보아라."

나는 죽음에 대한
두려움의 해독제로
가끔 별을 먹는다.
—
레베카 엘슨Rebecca Elson, '죽음의 두려움에 대한 해독제',
《경외심에 대한 책임》A Responsibility to Awe

우주는
변화다
((◯

마르쿠스 아우렐리우스는 《명상록》을 썼을 때 세상에서 가장 강한 권력을 가진 사람이었다. 그에게는 마음대로 지배할 수 있는 제국이 있었다. 도시, 군대, 궁전. 모두 그의 것이었다. 그는 161년부터 180년까지 10년 이상 '황금시대' 로마의 황제로 군림했다. 그렇지만 그는 지위와 권력에 빠지지 않고 단순함과 협의, 우주적 관점을 지향했다. 별을 보는 것이 중요하다고 믿었고 초기 그리스 철학자이자 피타고라스교의 창시자 피타고라스의 영향을 받았다고 말했다.

피타고라스 신봉자들은 하늘을 올려다보는 건 단순히 기분 좋은 일이 아니라 신의 질서에 대한 통찰이라고 여겼다. 별들은 서로 별개의 것이지만 다 함께 하나의 질서에 속한다. 스토아 학파는 별을 보는 것이 잠시 모습을 드러낸 신성과 자연의 단편을 보는 것이라고 믿었다.

그렇다면 하늘이나 별 자체가 아니라 그것을 볼 때 우리가 하는 생각이 중요하다. 우리가 우리 주변에서, 위에서 변화하는 세상과 연결되어 있다는 사실이 중요하다.

"우주는 변화다. 우리의 인생은 우리의 생각이 만드는 것이다."라고 마르쿠스 아우렐리우스는 말했다. 제국을 이끄는 사람조차도 별을 바라보며 우주의 거대한 질서 속에서 기꺼이 작아지는 걸 받아들였다.

하늘은 우리 위에서 시작되지 않는다. 하늘에는 시작점이 없다. 우리는 하늘 속에서 산다.

노예
철학자
(((○

내가 가장 좋아하는 철학자는 에픽테토스Epictetus다. 그는 마르쿠스 아우렐리우스처럼 고대 로마에 살았던 스토아 학자였다. 하지만 마르쿠스 아우렐리우스와 달리 황제가 아니었고 그의 삶은 황제와는 완전히 동떨어져 있었다.

그는 힘든 삶을 살았다. 거의 2,000년 전 노예로 태어났고 이름 자체도 '획득한'acquired이라는 뜻이었다. 젊은 시절 내내 노예였으나 그는 스토아 철학을 공부할 수 있었다. 신체적으로도 장애가 있었는데 아마도 주인 때문에 다리가 부러졌던 듯하다. 어쨌든 그는 인생의 대부분을 육체적 고통 속에서 보냈다.

이유는 분명하게 알려지지 않았지만 에픽테토스는 결국 자유인이 되었고 철학을 가르치기 시작했지만 여전히 매우 검소했다. 재산이나 가족도 없이 인생의 대부분을 혼자 살았다. 기록에 따르면 노년에 친구의 아이를 입양해 한 여성과 함께 키웠다고 하지만 그 여성과 결혼한 사이였는지는 알 수 없다.

에픽테토스는 어떤 면에서는 매우 현대적인 철학자였다. "무슨 일이 일어나는지가 아니라 어떻게 반응하느냐가 중요하다."라는 말이 그의 세계관을 잘 요약해준다. 그의 철학은 전쟁 포로부터 우울증을 겪는 사람까지 힘든 상황에 놓인 사람들에게 큰 도움이 되었다. 인지행동치료의 창시자 중 한 명인 심리학자 앨버트 엘리스Albert Ellis의 치료법은 에픽테토스의 이 말에 영향을 받았다.

"사물 자체가 아니라 사물을 바라보는 자신의 마음이 장애물이다."

에픽테토스는 행복을 외적인 것에 의존하면 자신을 통제하는 힘이 자신에게 있다는 사실을 포기하고 소득, 관계, 가족을 원하는 마음, 람보르기니, 복권 당첨, 소셜 미디어에서의 인기 등 수많은 외부 요인에 행복을 맡기게 되는 것임을 일깨워준다.

"자신의 통제를 벗어난 것을 중요시할수록 통제를 잃게

된다."

물론 원하는 걸 얻었을 때조차도 그 영향이 예측 불가능한 경우가 많다. 예를 들어, 복권 당첨이 당첨자의 행복에 오히려 부정적인 영향을 미치는 경우가 많다는 연구 결과가 있다.

에픽테토스가 우리에게 주는 위안은 너무도 깊다. 좋은 일이 생길 거라는 믿음으로 안심시켜 주는 것이 아니라 고통이나 슬픔, 억압 상태에서도 우리의 마음은 상황에 어떻게 반응할지 선택할 수 있다는 사실을 알려준다. 고통, 상실, 슬픔, 죽음처럼 삶의 가장 큰 사건들이라도.

에픽테토스는 "죽음으로부터 도망칠 수는 없지만 적어도 죽음에 대한 두려움에서 도망칠 수는 있다."라고 말했다. 간단히 말하자면 에픽테토스는 통제할 수 없는 세상에서 통제할 수 있게 해준다. 통제할 수 없다는 사실을 받아들이는 것을 통제할 수 있도록, 자신의 반응을 통제할 수 있도록 한다.

애벌레의
운명

(((○

캄캄한 고치 속에서 애벌레의 몸이 녹아내린다. 효소로 분해돼 수프 같은 액체가 된다. 하지만 애벌레는 나비로 새롭게 태어난다. 고치는 애벌레에게 편안하고 조용한 휴식처가 아니라 오히려 끔찍한 곳이다. 그러나 애벌레의 운명은 우리 자신의 불행과 고난의 훌륭한 은유다. *가장 큰 변화는 가장 어두운 경험에서 비롯된다. 무너져야만 새로워질 수 있다. 어둠을 지나야 빛을 향해 날아갈 수 있다.*

하늘은 여전히 하늘

((◯

경험은 내가 아니다.

허리케인 앞에 서 있을 때 허리케인이 얼마나 거대하고 무서운지는 중요하지 않다. 허리케인은 내가 아니다. 우리의 안과 밖의 날씨는 항상 똑같지 않다. 먹구름이 나를 덮고 있는 것 같을 때가 있다. 하지만 그 먹구름은 내가 아니다. 우리는 하늘이다. 구름을 품은 하늘. 먹구름은 지금 이 순간의 풍경일 뿐, 하늘은 여전히 하늘이다.

나에게
휴식 시간을 주자

((○

호흡은 굉장히 중요하다.

나도 안다. 5분 동안 깊이 숨을 들이마셨다 내쉬면 세상의 모든 문제를 피할 수 있다고 말하는 것처럼 들릴 수 있다는 걸. 라벤더 향초를 피워놓고 여유롭게 목욕을 즐기면 트라우마를 잠재울 수 있다는 말과 다르지 않을 수 있다는 것도. 하지만 나는 그동안 깨달았다. 호흡을 확인하고 따라가는 것보다 스트레스 수준을 빠르게 알려주는 지표는 없다.

호흡은 우리의 '기분 측정기' 같은 것이다.

예전에 나는 공황 발작에 시달릴 때면 숨쉬기가 어려워졌다. 마치 숨을 들이쉴 틈조차 없는 것처럼 순식간에 숨이 차고 헐떡거렸다. 이제 나는 스트레스를 받을 때면 침대에 누워서 배에 손을 얹고 심호흡을 한다. 그러다 겁에 질린 동물처럼 배가 떨리는 순간이 오면 알게 된다. 한 걸음 물러나 긴장을 풀어줘야 할 때라는 걸. 역설처럼 들리겠지만 긴장을 풀기 위해 노력하는 건 효과가 있다. 가장 쉽고 빠른 방법이 바로 천천히 호흡하는 것이다. 천천히 숨을 쉬면 시끄럽게 반복되는 유튜브 영상처럼 떠들어대는 짜증 나는 마음속 목소리가 갑자기 조용해진다. 이메일에 회신하지 않은 것도, 줌 회의를 망친 것도 갑자기 괜찮아진다. 나 자신이 고요해지는 게 느껴진다.

의식적으로 호흡하다 보면 자존감 속으로 들어간다. *나에게 잠시 휴식 시간을 준다.* 자신과 삶을 있는 그대로 받아들이게 된다. 폐만 있으면 누구나 할 수 있다.

누워서 할 수도 있고 앉아서 할 수도 있고 서서 할 수도 있다. 누워서 할 때는 손바닥이 위를 향하게 팔을 옆으로 내리고 발은 조금 벌린다. 앉아서 할 때는 팔을 의자에 얹고 발은 어깨너비 정도로 벌린다. 그 상태에서 부드럽고 깊게 숨을 들이마신다. 다섯까지 센다. 숫자를 세고 있으면 무아지경 상태처럼 몰입하게 돼서 긴장이 더 잘 풀린다. 보통은 1분 이상 한다. 가능하다면 5분 동안 해보라. 더 오래 해도 좋다. 처음에는 지루하게 느껴질 수 있다. 우리의 바쁜 뇌는 절대 속도가 느려지는 걸 원하지 않으니까. 하지만 해보면 그만한 가치가 있다.

당신은 여기 있다. 당신은 존재한다. 지금 이 순간에 머무른다. 숨 쉬는 것은 살아있다는 뜻이므로 호흡을 의식하는 건 삶을 의식한다는 의미다. 자신에 대한 가장 단순한 진실을 의식하는 것이다. 그러면 행동의 세계를 초월해 달콤한 위로가 있는 존재의 세계에 잠시 머무를 수 있다.

나는 이대로
충분하다

((○

나는 이대로 충분하다.

나 이상의 것은 필요하지 않다. 나는 보이는 것 이상이다. 나는 어둠 속에서도 나고 침묵 속에서도 나다. 인정받기 위해 돈 주고 무언가를 사거나 애쓰며 발버둥 칠 필요는 없다.

나는 이대로 충분하다.

나는 우주의 기적이다. 나는 지구를 바라보는 지구다. 공기를 들이마시고 자신을 받아들여라. 공기가 자연의 질서를 이루는 일부분임을 받아들이는 것처럼. 나는 변화 속에 자리한다. 움직임 속에 들어있는 가능성이다. 내가 있어야 할 곳은 여기다. 나는 있어야 할 곳에 있다.

나는 이대로 충분하다.

날것
그대로 바라보기

(((○

자신과 세상을 솔직하게 바라보는 것이야말로 진정한 도전이다. 어떤 상처가 있는지 알아야만 치유할 수 있다. 움찔하지 않기 위해. 고통을 부정하고 외면하면서 평생을 살지 않기 위해. 감정을 피하지 않기 위해. 불교 사상가인 페마 초드론은 말했다.

"우리가 가장 근본적으로 자신에게 입히는 해는 자신을 솔직하고 부드러운 눈길로 바라보는 용기와 존중이 없는, 무지함ignorance이다."

날것 그대로 바라봐야 치유할 수 있다.

생애
가장 큰 도전
((○

무지는 우리를 작게 만든다. *우리 앞에 놓인 가장 큰 도전은 자신과 세상을 솔직하게 바라보는 것이다.* '상황을 똑바로 바라보고 아는 것'은 마르쿠스 아우렐리우스가 스스로 정한 도전 과제였다.

기다려보자

((○

괜찮다. 악몽에 빠진 것처럼 느낄지도 모른다. 마음이 사정 없이 당신을 때린다. 도저히 버티지 못할 것 같을 수도 있다. 하지만 예전에 힘들었던 때를 기억하라. 그 이후로 지금 이 순간이 닥치기 전까지 있었던 좋은 일들을 떠올려보자. 그 것과 똑같은 일이 다시 일어나지 않을 수도 있겠지만 분명 *뭔가 좋은 일이 생길 것이다.* 기다려보자.

포기하지 않는 작은 희망보다 강한 것은 없다.
포기하지 않는 작은 희망보다 강한 것은 없다.
포기하지 않는 작은 희망보다 강한 것은 없다.
...
포기하지 않는 작은 희망보다 강한 것은 없다.

외로움
치료법

((◯

외로움은 옆에 아무도 없을 때 느끼는 게 아니다. 길을 잃었을 때 느낀다. 우리는 군중에 둘러싸여 그 한복판에서 길을 잃기도 한다. 옆에 누군가 있지만 마음이 통하지 않으면 너무도 외롭다. 외로움의 치료법은 옆에 더 많은 사람을 두는 게 아니다. 자신이 누구인지 이해하는 것이다.

일상 패턴
깨기

((◯

우리는 행동 패턴에 갇히기 쉽다. 아는 사람들을 떠올려보자. 그들은 똑같은 일을 몇 번이고 계속하지 않나? 똑같은 음식과 음료수를 좋아하지 않나? 똑같은 TV 프로그램을 보고, 똑같은 장르의 책을 읽지 않나? 매일 비슷한 시간에 일어나고 잠들지 않나? 항상 똑같은 말을 하고 똑같은 생각을 하고 있진 않나? 당신은 어떤가? 나는 그렇다. 사람이기에, 살아있기에, 행동 패턴에 빠진다. 물론 좋은 패턴도 있다. 우리는 자리 잡은 일상이 주는 편안함을 좋아한다. 하지만 똑같은 행동을 계속하다 보면 불편함도 느낀다. 몇 시간씩 똑같은 자세로 앉아 있으면 허리가 아프다. 최소한의 저항만 있을 뿐인 익숙하고 반복적인 삶은 정체될 수밖에 없다. 더 크고 새로운 시퀀스가 필요한 구식 알고리즘이 된다.

일상을 바꿔보는 행동은 유익하다. 휴대전화의 앱을 다시 배치하는 간단한 행동만으로 근육 기억의 자동 모드에 저항할 수 있다.

타라 브랙은 말했다.

"자유로운데도 예전과 똑같은 패턴에 갇혀 세월을 보내는 것이야말로 삶의 가장 큰 비극이다. 우리는 마음껏 사랑하고, 진정성을 느끼고, 주변의 아름다움을 들이마시고, 춤추고, 노래 부르고 싶어 하면서도, 결국엔 삶의 폭을 좁히는 내면의 소심한 목소리에만 귀를 기울인다."

불편 지대

((◯

소심함은 익숙함에서 시작한다. 변화에 대한 두려움. 그러면
좋아하지 않는 직업, 건강하지 못한 관계, 도움되지 않는 태
도에 갇혀버릴 수 있다. '안전 지대'라고 생각하겠지만 그 반
대다. 사실은 불편 지대, 정체 지대, 성취되지 않은 지대일
뿐. 안전 지대 밖으로 나가는 건 한번 마음먹으면 놀라울 정
도로 쉽다. 불편 지대 너머로 더 깊은 안락함이 보인다. 최선
의 내가 될 수 있다는 위안이다. 정해진 행동 패턴이나 방식
을 벗어나 더 인간다워질 수 있다.

그냥 있어도
된다

(((◯

항상 무언가를 하거나 성취하지 않아도 된다. 쉬는 시간을 생산적으로 쓰지 않아도 된다. 쉬는 시간에 굳이 태극권이나 DIY, 제빵 같은 걸 하지 않아도 된다. 가끔은 존재하고 느끼는 것만으로, 버티며 살아내는 것만으로 충분하다.

페리스 뷸러와
삶의 의미

((○

〈페리스의 해방〉(1986)은 최고의 십 대 영화다. 지금은 무척 좋아하는 영화이지만 예전에는 별로라고 생각했다. 시카고에 사는 인기 남학생이 꾀병을 부려 조퇴하고 가장 친한 친구와 친구의 여자친구와 함께 멋진 하루를 보내는 이야기를 담은 존 휴스John Hughes 감독의 이 영화는 나를 짜증 나게 했기 때문이다. 페리스가 너무 이기적으로 느껴졌다. 주인공이 마음에 들어야 재미있게 볼 수 있는 영화인데 말이다. 페리스가 나중에 큰일 날 거란 사실을 알면서도 절친 캐머런에게 아버지의 빈티지 페라리를 가져오게 하고 신나게 놀러 다니는 게 마음에 들지 않았다.

하지만 그 영화를 다시 봤을 때 내가 잘못 생각했음을 깨달았다. 이건 제목과 달리 페리스에 대한 영화가 아니었다.

오히려 캐머런에 관한 영화였다! 이 영화의 감정선을 대표하는 인물은 캐머런이다. 그는 이 영화에서 가장 많이 변화하는 인물이다. 겉으로는 아무 걱정 없는 부잣집 아들처럼 보이지만 대학에 가고 어른이 되는 의미 없는 미래에 초조해하며 우울증에 시달리는 남학생에서, 현재를 즐길 줄 알고 엄격한 아버지의 억압적인 규칙에 맞서는 자존감 강한 사람으로 성장한다.

그 유명한 첫 독백 장면에서 페리스가 카메라를 똑바로 쳐다보면서 한 말이자, 이 영화의 핵심 메시지를 페리스는 내내 캐머런에게 가르친다.

"인생은 정말 빨리 흘러가. 가끔 멈춰 서서 둘러보지 않으면 놓칠 수도 있어."

한마디로 페리스는 1980년대 버전의 마르쿠스 아우렐리우스처럼 "삶의 아름다움에 빠져라."라고 말한 것이다. 페리스의 사상에는 동양과 서양의 철학이 섞여 있다. 불교의 마음 챙김과 미국의 개인주의가 합쳐진 셈이다. 물론 그는 사상이나 철학 같은 것과는 엮이고 싶어 하지 않겠지만.

페리스는 말한다.

"무슨 무슨 사상이라고 하는 걸 믿어선 안 돼. 자신을 믿어

야지."

비단 자신에게만 하는 말은 아니다. 친구에게, 우리 모두
에게 하는 말이기도 하다. 위안을 주는 영화들이 모두 그렇
듯 이 영화는 뭔가를 느끼게 해준다. 살아가게 해준다.

나를 위로해주는
영화들
(((○

⊛ 〈죠스〉 - 먼저 두려움에 대해 알아야만 두려움을 물리칠 수 있다는 사실을 보여준다.

⊛ 〈세인트 루이스에서 만나요〉 - 노래 때문에. 색감 때문에. 주디 갈랜드가 부르는 〈Have Yourself a Merry Little Christmas〉 때문에. 다른 시간과 다른 장소, 다른 가족, 다른 현실이 주는 아름답고 씁쓸한 위안으로 초대하기 때문에. 기분이 끔찍했던 날에 이 영화를 보고 기분이 나아졌기 때문에 추천한다.

⊛ 〈대탈주〉 - 터널을 만든다면 어떤 상황도 헤쳐 나갈 수 있다는 것을 보여준다.

⊛ 〈내일을 향해 쏴라〉 - 그럴 만한 가치가 있다면 정지화면 안에서 영원히 사는 것도 괜찮다는 사실을 알려주는 눈부신 황금빛 영화다(〈400번의 구타〉와 〈조찬 클럽〉의 끝부분도 꼭 보길).

@ 〈E.T.〉 – 어린아이로 돌아갈 수 있게 한다.

@ 〈멋진 인생〉 – 자신의 존재에 보이지 않는 가치가 있다는 사실을 깨닫게 해준다.

@ 〈피넛 버터 팔콘〉 – 우정에 담긴 구원의 힘을 보여준다.

@ 〈몬테 크리스토 백작〉(2002년 버전) – 도피 그 자체를 보여주는 액션과 모험으로 가득한 영화다.

@ 〈핑크빛 연인〉 – 영화 사상 최고의 팝 사운드트랙이 있다.

@ 〈레이〉 – 잘 만들어진 전기 영화는 언제나 영감을 준다. 레이 찰스의 이야기라면 더더욱.

@ 〈이웃집 토토로〉 – 힘든 시기에 위안이 되는 경이로움과 마법의 힘을 다룬 미야자키 하야오 감독의 걸작이다.

@ 〈하비〉 – 제임스 스튜어트James Stewart가 눈에 보이지 않는 토끼와 대화한다.

@ 〈브레이킹 어웨이〉 – 사이클링에 관한 이 영화는 과소평가된 작품이다. 힘들 때 보면 부드러운 코미디와 드라마가 위안을 준다.

@ 〈미션 임파서블〉 시리즈 – 뉴턴의 법칙을 거스르고 목숨을 거는 톰 크루즈의 모습이 왠지 위안을 준다.

@ 〈사운드 오브 뮤직〉 – 역사 속의 아무리 어두운 힘도 사랑과 음악과 기쁨을 억누를 수 없다는 걸 보여준다.

🎞 〈아이 양육〉 – 캐서린 헵번과 캐리 그랜트가 나오니까. 1938년에 나

온 영화지만 지금도 여전히 역대 가장 재미있는 영화 중 하나다.

🎞 〈토이 스토리 2〉 – 제시의 이야기만으로 가장 훌륭하고 가장 감동적

이고 가장 큰 위안을 주는 픽사 영화다.

🎞 〈스탠 바이 미〉 – 비록 시체를 찾아 나서는 이야기이지만 젊음과 우

정, 인생을 찬미하는 영화이기도 하다.

🎞 〈메리 포핀스〉 – 말이 필요 없다. 무조건 볼 것.

불확실성을
받아들이는 힘

((○

시인 존 키츠John Keats가 만든 '소극적 수용력'negative capability
이라는 말은 '조급하게 사실이나 이유를 찾으려 애쓰지 않고
불확실함, 불가사의함, 의심 속에서 머물 수 있는 능력'을 말
한다. 자신의 취약함을 수용하는 것이라고 할 수 있다. 키츠
가 보기에 이 자질이 가장 뛰어난 사람은 셰익스피어였다.
셰익스피어는 불완전하고 모호하지만 여러 가지 의미에서
아름다움으로 가득한 걸작을 썼기 때문이다.

키츠가 만약 마일스 데이비스Miles Davis의 연주를 들어봤
다면 그의 음악에서 소극적 수용력을 알아보았을 것이다.
데이비스는 "거기 있는 것을 연주하지 말고 거기 없는 것을
연주하라."라고 말한 것으로 유명하니까 말이다.

소극적 수용력은 평소 잘 알고 익숙한 것 너머의 지점에

관한 것이다. 아름다움을 찾고 싶다면 먼저 그곳에 갈 준비가 되어 있어야 한다.

가장 위대한 낭만주의 시인 키츠는 이렇게 말했다.

"위대한 시인과 함께라면 아름다움은 모든 것을 극복하고 망각하게 한다."

키츠는 소극적 수용력이라는 말을 주로 예술에 사용했다. 나중에 정신분석학자 윌프레드 비온Wilfred Bion은 여기에 심리적이고 실존적인 관점을 더했다. 비온에게 소극적 수용력은 기억과 욕망을 벗어나 직감적으로 생각하는 능력이었다. 그는 말했다.

"기억을 버려라. 욕망의 미래 시제를 버려라. 알았던 것과 알고 싶은 것을 모두 잊어버리고 새로운 생각을 위한 공간을 남겨둬라."

새로운 생각.

참 좋은 말이다. 이는 마치 선불교에서 이야기하는 '깨달음'(사토리)의 개념과 같다. 순종을 통한 깨달음, 우리 본성의 불확실성에 대한 탐구를 통해 도달하는 무언가와 같다. 새로운 사고방식의 가능성, 그곳에는 자유가 있다. 열린 마음으로 유동적인 순간에 계속 주의를 기울이면 더 쉽게 그

곳으로 갈 수 있다.

어쩌면 무한한 공허를 벗어난 우주의 소극적 수용력 때문에 지금 우리가 존재하는지도 모른다.

모든 걸 알지 못해도 괜찮다. 다 알지 못하는 게 훨씬 낫고 오히려 더 지혜로울 수도 있다. 적어도 모든 걸 안다는 생각만큼은 피해야 한다. 그래야 습관적인 생각에서 자유로워진다. 하지만 완전히 개방적인 곳으로 들어가려면 연약함을 드러내야 한다. '위안이란 무엇인가'에 대한 더 깊고 새로운 이해가 필요할 수도 있다.

오래전 운동 비디오를 보면서 따라한 기억이 난다. 강사는 스쾃을 할 때 "불편함에 편해져라!"라고 외쳤다. 운동 비디오에서 나온 조언을 부정적 역량이나 선불교와 동일시하는 건 무리가 있을지도 모른다. 하지만 잘 알고 안전한 패턴에서 벗어나 키츠가 말하는 '알지 못하는 삶의 아름다움'에 도달하려고 할 때 우리는 한층 더 고귀한 위안을 얻을 수 있다. 진짜 나와 좀 더 내밀하게 결합하는 것이다. 비온도 말했다.

"아름다움은 매우 어려운 상황을 참아내도록 해준다."

모든 걸 해결할 필요는 없다. 그저 아름다운 무언가를 바라보라.

'가짜 나'를
그만둘 자유

((◯

모든 것에 대처할 필요는 없다. 모든 걸 처리하지 않아도 된다. 하루를 버티기 위해 모든 걸 억누를 필요는 없다.

조수를 바꿀 수도, 중력을 거스를 수도 없다. 있는 그대로의 자신을 거스르면 가시가 박힐 수밖에 없다.

거짓으로 자신을 꾸미는 건 그만둘 수 있다. 느껴지는 그대로 느껴도 된다. 마음을 억누르지 않아도 된다.

울어도 되고 감정을 느껴도 된다. 있는 그대로를 보여도 된다.

내가 되어도 괜찮다.

생각보다
많이 닮은 우리
((◯

요즘은 사람을 미워하기 쉬운 시대다. 인터넷이나 TV 뉴스를 보며 좌절하기 쉽다. 화낼 이유를 너무 쉽게 찾을 수 있다. 소셜 미디어는 끊임없이 분노하고 좌절하는 우리의 능력에 의존하는 사업 모델이니까.

요즘은 남들과 의견이 다르면 외계인 취급을 받을 정도로 단 하나의 생각만 용납되기도 쉽다.

하지만 우리는 하나 이상의 렌즈를 통해 세상을 볼 수 있다. 만약 우리가 감정이라는 렌즈로 사람들을 본다면, 개인의 견해가 아니라 견해를 움직이는 감정들을 본다면, 서로의 공통점을 쉽게 찾을 수 있을 것이다. *희망, 두려움, 사랑, 불안감, 갈망, 의심, 꿈.*

남들도 틀릴 수 있고 나도 틀릴 수 있다. 그것도 우리의 닮은 점이다.

우리는 실수할 수 있고 용서도 할 수 있다.

용서

((○

다른 사람을 용서하는 건 자신을 용서하는 좋은 연습이
된다.

내향성에
관하여

((◯

내향성은 외향성으로 고쳐지지 않는다. 고칠 필요가 없다는
사실을 알아야 고칠 수 있다. 내향성을 그냥 놓아두자. 밖으
로의 여행뿐 아니라 안으로의 여정도 허락해주자.

아무것도
하지 않기를 하기

((○

바쁘지 않아도 괜찮다. 생산성으로 자신의 존재를 정당화할 필요는 없다. 휴식은 생존에 꼭 필요하다. 동물인 우리에게 필수적인 부분이다. 햇볕을 쬐며 누워 있는 개는 아무런 죄책감을 느끼지 않는다. 개는 그것이 자신에게 필요한 일이란 걸 잘 안다.

나이가 들면서 휴식은 삶에 더더욱 중요한 부분이 된다. 안이나 밖에서 그냥 가만히 앉아 똑딱똑딱 시계 소리, 지나가는 구름, 멀리서 들리는 차 소리, 새의 지저귐 등 모든 걸 있는 그대로 받아들이는 건 그 자체로 목적이 될 수 있다. 오히려 우리가 생산적이라고 생각하는 것들보다 실제로 더 큰 의미가 있을 수도 있다.

음악이 아름다우려면 음표 사이에 잠시 멈춤이 필요한 것처럼, 일관성을 위해 구두점이 필요한 것처럼, 우리는 휴식과 성찰과 수동성을, 심지어 소파에 그냥 앉아 있는 것도 전체의 본질적이고 필수적인 일부분임을 기억해야 한다.

미스터리

((○

〈모나리자〉에서 《미들마치》까지 시간의 시험을 견뎌내는 예술 작품들을 생각해보자. 그런 작품에는 풀 수 없는 무언가가 있다. 수 세기가 지난 후까지도 비평가들의 토론이 이어지고 있지만 확실한 결론에는 이르지 못한 무언가가.

　삶이라는 예술도 비슷할 것이다. 삶의 목적은 미스터리일 뿐, 그 이상도 그 이하도 아닐지 모른다. 어쩌면 전부 다 알지 못하는 것이 맞는지도. 그래도 괜찮을지도.

오래도록
위안을 얻는 방법

(((◯

불확실성은 불안을 부채질한다. 불확실성과 불안은 본질적으로 연결돼 있다. 불안할수록 불확실성을 견디기가 힘들어진다. 집착적으로 할 일 목록을 만들고 절대로 남에게 뭔가를 맡기려 하지 않을 것이다. 끊임없는 확인과 안심이 필요할 수도 있다. 문을 잠갔는지 여러 번 확인하고, 누군가가 잘 있는지 계속 확인하려 할 것이다. 통제권을 꽉 움켜쥐고 절대 다른 사람을 믿으려 하지 않으며 불안으로 가득한 세상을 피해 집 안에만 있고 뭐든지 피하려고만 할 것이다. 아예 도피하고 싶어서 불안을 잠시 잊게 해주는 것들에 빠질 수도 있다. 계속 바쁘게 움직이면서 일이나 쾌락 같은 중독에 빠질 수도 있다.

당연히 이런 방법들은 근본적인 문제를 해결해주지 못한

다. 불확실함은 여전히 남아 있다. 결국, 불확실함을 다루는 유일한 방법은 그것을 받아들이는 것이다. 절대 피할 수 없다는 걸 말이다. 하루 일과를 어떤 식으로 계획하든 불확실성은 여전하다. 불확실함으로 넘쳐나는 시대인 만큼 불확실함을 마주 보지 않으면 안 된다.

불확실함에 대처하는 한 가지 방법은 그것의 가치를 아는 것이다. 불확실함은 저주가 아니라 오히려 희망의 샘일 수도 있다. *기대했던 만큼 좋은 일이 생기지 않을 수도 있지만 두려워했던 것만큼 그렇게 나쁘지 않을 수도 있다*는 뜻이니까.

예를 들어, 우리는 전화위복에 대해 종종 이야기한다. 병, 정리해고, 파산 등 힘든 시련을 겪었지만 나중에 그 불행에 대해, 적어도 부분적으로, 오히려 감사하게 되는 경우가 많다.

나 역시 인생에서 가장 고통스러웠던 순간은 내가 자신에 대해 가장 많이 알게 된 순간이기도 했다.

망쳐버린 휴가, 구직 사이트 내용과는 달라도 너무 다른 끔찍한 직장, 망가진 결혼생활 등 당신이 기대하고 계획했던 것만큼 좋은 결과가 나타나지 않을 수도 있다. 그러나 시련은 교훈이나 한 줄기 희망의 빛, 새로운 관점, 감사해야 할 이유를 함께 선사해준다.

불확실함은 나쁜 일이 일어날 수도 있다는 뜻이기에 사람들은 일단 불확실한 것을 환영하지 않는다. 하지만 불확실함은 오히려 나쁜 것들로부터 우리를 보호해주기도 한다. 살다 보면 나쁜 일이 일어날 수밖에 없는데 그 나쁜 일이 우리에게 어떤 결과를 안겨줄지, 어디로 데려갈지, 무엇을 알려줄지 불확실하다는 점에서 궁극적으로 우리는 끈질기고 회복력 강한 희망을 품게 되기 때문이다. 나쁜 일이 생기지 않기를 바라는 희망이 아니라 (나쁜 일은 생길 수밖에 없으니까) 결코 그게 전부는 아니라는 사실을 알려주는 희망 말이다. 세상 모든 일이 그렇듯 나쁜 일일지라도 그게 어떤 결과로 이어질지는 누구도 알 수 없다.

한마디로 절대 알 수 없다. 확실한 것은 불확실함뿐이다. 그러니 위안을 계속 얻고 싶다면 불확실함 속에서 그것을 찾아야 한다. 거기에는 정말로 위안이 있다. 모든 일은 불확실할 뿐이지, 결코 닫혀 있지는 않기 때문이다. 우리는 희망 속에서, 무한 속에서, 답이 없는 상태에서, 인생 자체에 대한 열린 질문 속에서 존재할 수 있다.

포털,
새로운 세계를 향해

((◯

우리에게는 새로운 세계로 들어갈 수 있는 힘이 있다. 생각을 바꾸기만 하면 된다.

같은 강물에 발을 두 번 담글 수 없다.
두 번째 담갔을 때
이미 물도 사람도 변해 있기 때문이다.

헤라클레이토스Heraclitus

그 무엇도
닫히지 않았다
((○

우리가 이야기를 좋아하는 이유는 구조를 좋아하기 때문이다. 우리는 시작, 중간, 끝을 좋아한다. 특히 좋은 결말을 좋아한다. 결말이 어떤 책이나 영화에 대한 생각을 좌우할 때가 많다. 영화의 결말이 좋지 않으면 우리의 전체적인 평가도 나빠진다.

영화감독 장 뤽 고다르는 이야기에는 시작, 중간, 끝이 있지만 반드시 그 순서일 필요는 없다고 말했다. 나는 그 말을 좋아하고 동의했다. 신경쇠약에 걸려 시작과 중간과 끝으로 이루어진 고전적인 서사가 주는 편안함이 그리워지기 전까지는 말이다. 마치 커다란 리본을 묶어 포장한 선물 같은 그런 흐뭇한 결말이 좋았다.

그때의 나에겐 '확실함'이 간절했다. 하지만 삶에는 '확실함'이 없다. 죽음조차도 확실한 게 아니다. 사후세계를 꼭 믿진 않더라도 죽음 이후에 어떤 일이 생기는지는 아무도 모른다. 남은 사람들이 우리를 어떻게 기억할지 또는 기억하지 않을지도 모르는 것이고.

인생에는 열린 결말밖에 없다. 이건 저주가 아니다. 오히려 좋은 일이다. 페마 초드론은 "확실함이 우리에게 고통을 준다."라고 했다. 해방감을 느끼게 해주는 말이다. 모든 게 열려 있는 우주의 그 무엇도 꼭 닫히고 확실하지 않다는 사실을 받아들이자.

견딜 수 있는
존재의 공식
(((○

존재한다 > 행동한다

다시
연결
((◯

내 불안증은 현대적인 생활방식의 산물인 것 같다. 오래전 불안증이 가장 심각했을 때, 내가 우리 고대 선조들이 가장 낯설게 느낄 만한 행동을 할 때마다 불안이 극도로 심해진다는 사실을 깨달았다. 북적거리는 쇼핑센터를 걷거나 시끄러운 테크노 음악을 듣거나 슈퍼마켓의 인공조명 아래를 돌아다닐 때. TV나 컴퓨터 화면 앞에 너무 오래 앉아있거나 아침에 토르티야 칩을 먹을 때. 스트레스 주는 이메일. 도시 한복판. 사람들로 가득 찬 기차 안. 온라인에서의 말다툼. 지극히 현대적인 정신적 과부하 상황이었다.

반면 완전히 지쳐 있을 때 나를 진정시키고 달래주는 것들은 다름이 아니라 자연스러운 나와 다시 이어주는 것들이었다. 예를 들어, 새벽 1시까지 드라마를 정주행하는 것이 아니라 어두워졌을 때 일찍 잠자리에 드는 것. 반려견과 함께 자연 속을 걷는 것. 자연의 재료로 진짜 음식을 만드는 것. 사랑하는 사람들과 시간을 보내는 것. 소파에서 일어나 몸을 움직이는 것. 허브를 심는 것. 바다에서 수영하는 것. 밤하늘을 바라보는 것. 러닝머신이 아니라 신선한 공기를 마시며 밖에서 달리는 것.

물론, 즐겁고 정신없는 현대사회도 좋다. 팟캐스트와 영화, 영상통화로 세계가 하나 되는 게 좋다. 하지만 껍데기를 벗고 연약함이 그대로 드러난 상태일 때 시간을 초월하는 가장 자연스러운 길이야말로 평정으로 돌아가는 가장 짧은 길이다. 자연의 세계, 자연의 나와 다시 이어지는 것.

기쁨에
관하여

((○

마돈나는 첫 뉴욕 여행에서 택시 기사에게 "모든 것의 중심으로 데려다주세요."라고 말했다. 신경쇠약으로 무너지기 전 오랫동안 나도 그런 식으로 살았다. *가만히 존재하는 게 너무 힘들었다.* 항상 여기가 아닌 다른 곳에 있고 싶었다. 흥분의 중심지에 가까워지고 싶었다. 그래서 술, 마약, 파티로 도망쳤다. 시끄러운 소리, 자극적인 음악, 폭력적인 영화를 원했다. *모든 게 극단적이어야만 했다.* 그래서 세 번의 여름 동안 스페인 이비자의 유럽에서 가장 큰 나이트클럽에서 일하며 소음, 사람, 자극의 중심에 있었다. 이비자에서의 밤이 '노예 해방'을 뜻하는 'Manumission'이라고 불린다는 것 자체가 강렬하게 다가왔다. 나는 모든 걸 잊게 해주는 떠들썩한 삶의 한복판에 있어야만 자유로울 수 있었다.

나는 심리적으로 굉장히 불안정했다. 자존감도 낮았다. 겨울이면 런던으로 돌아와 직장을 알아봤다. 하지만 막상 일자리를 구하면 사람들이 그런 날 꿰뚫어 볼까 봐 두려워서 건물 안으로 들어갈 수도 없었다. 꼭 신기루처럼 안이 텅 빈 것 같았다. 그 공허함을 마주하지 않고 도망치려 했다.

하지만 자신으로부터 도망치는 건 불가능하다. 어딜 가든 내가 있다. 새벽 6시의 클럽에도.

자신으로부터 도망치려 하는 건 번지 점프할 때 줄이 묶인 기둥으로부터 도망치려는 것과 같다. 아무리 저 멀리 힘껏 점프해도 이내 튀어 올라 돌아간다.

결국 나는 신경쇠약으로 완전히 무너졌다. 파멸이 뷔페처럼 다양하게도 찾아왔다. 공황장애, 우울증, 강박장애, 광장공포증, 오래 버티지 못할 거라는 생각. 아이러니한 일이다. 고통과 불편함을 피하고 싶은 절박함이 오히려 인생 최악의 고통과 불편함으로 나를 이끌었으니 말이다. 나는 그 안에 갇혀버렸다. 며칠, 몇 달, 몇 년. 나는 나를 가둬놓았다.

벗어나기 위해서는 고통이 삶의 일부분임을 받아들이지 않으면 안 됐다. 정말 고통은 모든 삶의 일부분이다. 심지어 뭔가 좋은 것의 일부분이기도 하다. 페마 초드론은 "영감과 불행은 서로를 보완한다."라고 했다. 고통에 좋은 점이 있을까? 고통이 무슨 위안을 준다는 걸까? 고통은 그저 안락함의 반대 아닌가?

어느 순간 당신은 자신의 현실을 받아들이지 않으면 안된다. 그 현실이 우울증, 두려움, 고통 같은 것을 포함한다고 해도 말이다. 현실을 받아들이면 다른 것도 받아들이게 된다. 순수한 즐거움을 주는 것들. 나에게서 도망치지 않고 나 자신이 됨으로써 얻는 즐거움. 수치심이나 꼬리표 없이 인간 대 인간으로 누군가의 눈을 들여다보는 즐거움. *기쁨과 고통이, 고통과 기쁨이 서로 이어져 있다는 사실을 받아들이는 즐거움.*

결국 나는 밖으로 나가 삶을 붙잡으려고 애쓸 필요가 없었다. 내가 삶이었다.

돌아가는
동전
((◯

불확실함은 불안을 일으키는 원인이기도 하지만 해결책이
기도 하다.

　모든 게 불확실한 동시에 희망적이다. 모든 것이 애매모호
하다는 건 동시에 무엇이든 가능하다는 의미다. 우리는 빙
글빙글 돌아가는 동전 위에 있다. 동전의 어느 쪽이 나올지
예측할 수 없지만 반짝거리며 돌아가는 순간을 음미할 수
있다.

그리고
당신은 살아있다

((○

자신감 넘쳐 보여도 불안을 느낄 수 있다. 건강해 보여도 몸
상태가 안 좋을 수 있다. 사람들 앞에서 훌륭하게 발표해도
사실 속은 망가졌을 수도 있다. 겉으로는 운이 좋아 보여도
정신은 그렇지 않을 수 있다. 바벨을 들어 올려도 사실은 약
할 수 있다. 모든 걸 가졌어도 공허할 수 있다. 바다를 떠돌
고 있으면서도 해안을 찾아다닐지 모른다.

　당신은 보기보다 훨씬 더 깊은 존재다. 당신의 정체성보다
훨씬 더 심오한 존재다. 당신의 가치는 외부의 의견에 따라
오르락내리락하는 주식 시장이 아니다. 당신은 더 큰 무언
가의 일부분이다. 삶의 일부분이다. 모든 생명의 일부분이
다. 돌고래나 사자가 생명력의 상징인 것처럼 당신도 그렇
다. 당신은 개인이지만 전체를 이루는 일부분이기도 하다.

때로는 개인주의적인 성향으로 인해 전체와의 연결이 조금 느슨해졌어도 관계는 언제든 다시 이어질 수 있다. 삶은 다시 삶과 연결되는 법이니까.

  그리고 당신은 살아있다.

하나 1

– 숫자에 중독된 세계

((◯

숫자에는 중독성이 있다. 비교와 수량화를 가능하게 해주는 한편 더 큰 무언가가 있음을 느끼게 해주기 때문이다.

숫자와 비교는 어디에나 있다. 소셜 미디어 팔로어. 신체 사이즈. 소득 수준. 나이. 몸무게. 온라인 순위. 조회 수. 판매량. 좋아요 숫자. 공유하기 숫자. 걸은 숫자. 수면 시간. 단어 숫자. 시험 점수. 집값. 예산 보고서. 주식 시장 평가. 숫자는 어디에나 있다.

숫자는 우리 삶으로 들어와 비교하게 만든다. 우리는 다른 사람들과 비교하고 우리 자신과 비교한다. 물론 비교가 꼭 나쁜 것만은 아니다. 가족이나 친구를 진심으로 위하는 마음에서 그럴 수도 있다. 하지만 숫자가 개입되는 순간 우리는 괴로워진다. 모든 가치가 숫자로 이루어진다. 숫자와 함께 우리의 가치는 유한하고 측정 가능하며 가변적이 된다. 무한함과 삶 자체에 대한 감각을 잃어버린다. 숫자가 있는 곳에는 반드시 측정이 존재한다. 그리고 측정은 우리를 제한한다. 무한한 시각에서 유한한 시각으로 데려가기 때문이다. 유한한 것만이 측정 가능하니까.

하나 2
– 세상 유일한 존재

((○

자신을 커다란 무언가의 일부라고 느낀다면, 다른 사람과
자연 속에서 자신을 볼 수 있다면, 그렇게 개인보다 더 큰
무언가가 된다면, 당신은 죽어도 절대로 세상을 떠나는 게
아니다. 세상에 생명이 존재하는 한 당신은 존재할 것이다.
당신이 자기 안에서 느끼는 삶은 모든 생명체에 존재하는
삶이기 때문이다.

내가 가장
강해지는 순간

((○

인생에서 내가 가장 강해지는 때는 더 이상 그 무엇에도 겁
내지 않기로 결심하는 순간이다.

성장통

((○

우리는 모든 게 순조로울 때는 성장하지 않는다. 성장하려면 변해야 하고 성장은 변화이기 때문이다. 우리는 대개 어려운 시기를 만나면 성장한다. 배우려면 실패해야 한다. 보디빌더가 무게를 견뎌내야 하는 것처럼. 투쟁 없는 세상에서는 성장이 불가능하다.

고통은 그 어떤 가르침보다 강했고
마음을 이해하는 법을 가르쳐주었다.
나는 구부러지고 부서졌지만
더 나은 모양으로 바뀌기를 바랐다.

─────

찰스 디킨스, 《위대한 유산》

악마의 눈을 똑바로
쳐다보는 법

((◯

나쁜 감정이 생기면 그 감정으로부터 도망치고 싶다는 생각을 하기가 쉽다. 우리는 슬픔이나 두려움이 느껴지면 즉시 해결하거나 없애야 할 문제로 인식한다. 처음 깊은 우울증에 빠졌을 때가 기억난다. 나는 그냥 우울하기만 한 것이 아니었다. *우울해서 우울했다. 불안해서 불안했다.* 부정적인 감정이 스스로 점점 더 증폭될 수밖에 없었다.

회복의 열쇠는 '수용'이었다. 하지만 역설적이었다. 우울증에서 벗어나기 위해 우울증을 받아들여야만 했으니까. 공황 발작을 멈추기 위해서 오히려 공황 발작을 나 스스로 불러들여야 하는 셈이었다. 갑자기 공황 발작이 시작될 듯한 기분이 느껴지면 마치 그것을 원하기라도 하는 것처럼 받아들여야 했다. 하지만 이 방법을 꼭 따라야 한다는 건 아니다. 나는 공황 발작을 절대 얕잡아 보지 않는다. 심한 공황 발작이 일어났을 때 마치 내 안에 갇힌 듯한 그 두려움이 얼마나 끔찍한지 누구보다 잘 알고 있다. 하지만 공황 발작을 백 번 넘게 겪고 나서 깨달은 게 있다. 공황 발작은 자기지시적이라는 것이다. 스스로 연료를 주입한다. 공황 상태에 빠진 것에 대해 내가 두려움을 느낄수록 상태는 더 심해졌다. 그렇게 스스로 눈덩이처럼 불어났다. 하지만 공황 상태에 빠졌다는 것을 두려워하는 대신 녹아들듯 수용하면 얼음처럼 차가운 두려움으로 인해 불어났던 눈덩이가 멈추고 더 이상 커지지 않았다. 결국 그냥 흘러가 버렸다. *두려움과 맞서 싸우기보다 그냥 지켜보는 것.* 전혀 다른 방식의 해결이었다.

상황이 허락한다면 공황 상태를 무시하거나 그냥 지나쳐 버리려 애쓰지 말고 바닥에 누워 눈을 감고 두려움에 집중해보라. 두려움을 가만히 들여다보면 깨달을 수 있다. 첫째, 두려움은 우리의 자연스러운 부분이다. 둘째, 두려움은 희망의 자매다. 둘 다 불확실한 삶의 구조에서 태어나기 때문이다.

티베트어로 '희망'은 'rewa', '두려움'은 'dokpa'라고 하는데, 일반적으로는 두 단어를 합쳐 're-dok'이라고 부른다. 본질적으로 둘 다 똑같이 불확실성에서 나오고 공존한다는 것을 인정하는 말인 것이다. 두려움을 피하기보다 가만히 들여다보면 이 거대한 악마가 생각만큼 무적이 아니라는 것을 알게 된다. 눈을 똑바로 쳐다보면 악마는 눈앞에서 부서진다.

기억하라

다른 날도 있을 것이다. 다른 감정도 느낄 것이다.

반대말

((○

만약 '작다'가 없다면 '크다'는 무슨 뜻일까? 정반대는 서로 의존하며 존재한다. 도교 철학에서 음양의 기운은 서로 정반대이지만 상호의존한다. 낮은 밤이 필요하고 밤은 낮이 필요하다. 틴토레토Tintoretto의 그림에서는 어두운 그림자가 빛을 강조한다. 마야 안젤루가 어린 시절에 겪은 침묵은 목소리를 사용하겠다는 의지로 이끌었다.

　서로 반대되는 감정도 상호의존하는 관계로 이어져 있다. 시인이자 화가인 윌리엄 블레이크는 "기쁨과 슬픔은 서로 잘 짜인 옷과 같다."라고 말했다. 나는 정말 그렇다는 걸 알고 있다. 내가 삶을 사랑하는 이유는 자살하려고 한 적이 있기 때문이다. 지옥에서 보낸 시간이 있기에 삶에 만족하는 순간이 많을 수 있었다. 이제는 자신을 하나로 평가하지 않으려고 애쓴다. 나는 행복한 사람이 아니다. 슬픈 사람도 아니다. 침착한 사람도 아니고 두려워하는 사람도 아니다. *나는 행복하고 슬프고 침착하고 두려워하는 사람이다.* 모든 감정을 느끼려 한다. 그러면 항상 새로운 감정에 열려 있을 수 있다. 파이프가 막힐 일이 없다. 스스로 모든 감정을 느끼도록 허락하면 어떤 감정도 유일한 것이 되지 않는다. 모든 감정을 받아들이면 전부 다 가치 있음을 알 수 있다. 어둠이 빛의 길로 인도해줄 수 있다. 현재의 고통이 미래의 희망으로 이어질 수 있다.

사랑과 절망은
반대로서 공존한다

(((○

알베르 카뮈는 말했다.

"삶에 절망이 없으면 사랑도 있을 수 없다."

처음 이 말을 들었을 때 공허하고 가식적으로 들렸고 암울하게 느껴졌다. 하지만 나이가 들면서 이 말에 담긴 진정성이 다가왔다. 내 삶만 보더라도 사랑이 거의 직접적으로 절망에서 나온다. 끔찍한 시간을 겪었기에 더 좋은 날도 있는 것 같아 감사한 마음이 든다. 하지만 카뮈의 말은 더 깊은 의미에서도 사실이다. 기쁨과 절망은 전체의 일부분이고 모든 건 연결되어 있다. 정반대되는 것들이 서로 같은 곳에 속한다는 것을 알면 가장 절망적인 시기에도 주저앉지 않을 수 있다.

기쁨이라는
가능성
((○

실존주의 철학자 롤로 메이Rollo May는 우리가 서로 반대되는 걸 착각할 때가 많다면서 "증오는 사랑의 반대가 아니다. 사랑의 반대는 무관심이다."라고 말했다. 용기와 두려움이 반대가 아니라는 점도 지적했다. 두려움은 용기의 필수 요소이며 두려움을 뚫고 나아가는 것이 진정한 용기이다. 하지만 그가 한 말 중에서 가장 유익한 건 기쁨과 절망이 반대가 아니라는 것이다.

그는 이렇게 적었다.

"기쁨은 가능성의 경험이다. 자신의 운명과 맞닥뜨렸을 때 자유를 자각하는 것이다. 그렇기에 절망은 기쁨으로 이어질 수 있다. 절망 다음에 남는 것은 가능성뿐이다."

문을
열어보면

(((○

우리 앞에 있는 모든 건 가능성으로 정의된다. 우리가 있는 곳은 절대 미래가 아니다. 우리는 문밖에 있다. 손잡이에 손을 가져가서 문을 연다. 그렇지만 안쪽에 무엇이 있는지는 결코 알지 못한다. 지금 서 있는 방과 비슷한 방이 나올 수도 있고 처음 보는 방일 수도 있다. 어쩌면 방이 아니라 우리의 노력으로 결실을 맺은 과일이 익어가는 과수원일 수도 있다. 황무지일지도 모른다. 절대 확실히 알 수 없다. 설령 원치 않는 장소가 나온다고 해도 다른 문이 있다는 걸 알면 감사할 수 있다. 우리를 기다리고 있는 또 다른 아름다운 손잡이를 돌릴 수 있다는 것에 대해서.

여기 있다는 게
'엉망진창의 기적'

서양의 자기역량 강화 개념은 우리에게 더 나은 사람이 되고, 내면의 억만장자를 발견하고, 몸매를 멋지게 가꾸고, 노력하고, 업그레이드하라고 말한다. 현재로선 충분하지 않다고. 구원으로 가장했지만 사실은 자기혐오가 따로 없다.

우리에게 필요한 건 자기 수용과 자기 연민이다. 현재의 몸과 마음과 삶에서 도망치지 않아도 된다. 우리가 지금 여기 있는 건 '엉망진창의 기적'임을 기억하라.

아름다운
순간

((○

자신에게서 도망치거나 자신을 더 낮게 만들려는 노력을 멈춰야만 하는 아름다운 순간이 오거든, 그 순간을 허락하라.

지금 그대로
받아들이기

((○

불교에는 메타metta 또는 마이트리maitri 라는 개념이 있는데, 이는 '자애'라는 뜻이다. 메타는 *있는 그대로의 자신을 받아들이는 것이다.* 자신을 바꾸려 하지 않고 자신과 모든 것을 변화로서 받아들인다.

페마 초드론이 《모든 것이 산산이 무너질 때》에서 설명했듯이, 이 개념이 급진적인 이유는 더 나은 사람이 되기 위해 노력하지 않는다는 데 있다. '통제를 포기하고 개념과 이상이 산산조각 나도록 내버려두는' 것이다. 그렇게 되면 자신이 느끼는 모든 감정이 지극히 정상적인 인간의 범주에 속하고 태곳적부터 인류가 느껴 온 감정임을 알게 된다.

"생각, 감정, 기분, 기억은 왔다가 가지만 '지금'은 항상 여기에 있다."

하지만 메타의 개념은 자기 연민을 초월한다. 메타 명상의 목적은 우선 자신에게로 연민을 넓히고 그다음에는 가족과 친구에게로, 그다음에는 모든 존재에게까지 넓힌다. 짜증나고 화나게 하는 사람들까지도. 이 과정은 주로 만트라를 통해 이루어진다. 자신에게 집중하는 것으로 시작해 모든 생명체에게로 넘어간다. 마치 연못의 잔물결이 동심원처럼 퍼져나가듯 그렇게 연민이 널리 퍼져나간다.

내가 안전하고 행복하기를… 그 사람이 안전하고 행복하기를… 그들이 안전하고 행복하기를… 모든 살아있는 생명체가 안전하고 행복하기를.

아름답다. 연민이 모든 존재에게로 뻗어나가면 결국 삶은 하나라는 사실에 닿는다. 세상의 고통뿐만 아니라 삶과 자연의 기쁨까지 느낀다. 우리는 연민을 통해 모든 것의 일부가 된다. 불, 지구, 공기, 물이 된다. 처음부터 그랬듯 삶 그 자체가 된다.

바다가
되는 법

((○

슬픔을 느낀다고
실패한 게 아니다.
패배했다고
진 게 아니다.

당신은 영원히 똑같은 자세로 멈춰 있는
동상이 아니다.
당신은 움직이는 존재이고
점점 높아져 최고조에 이르는 파도다.

당신은 세상의 모든 경이로움을
모두 눈에 담는 깊은 존재다.

그러니 당신은 경이롭다.

달을 거부하지 말고
물이 높아지기를 기다려라.
난파된 모든 배들에게
은신처가 되어주길.

생각보다
더 많이
((◯

힘들 때일수록 아름다운 것들이 더욱더 선명하게 보인다. 힘든 날 배운 것들은 좋은 날에 도움이 된다. 좋은 날이 올 거라는 희망이 힘든 순간을 이겨내게 해준 것처럼. *모든 건 연결돼 있다. 우리 안에 모든 삶이 있다.* 두려움은 침착함으로, 희망은 절망으로, 절망은 위안으로 이어질 수 있다. 모래 한 알이 우주를 알려줄 수 있다. 한순간이 모든 순간을 가르쳐줄 수 있다. 우리는 결코 단 하나의 무언가가 아니다.

조상들이 세상을 지구, 불, 물, 공기가 합쳐진 것으로 보았듯 우리는 모든 순간과 모든 개인이 모든 요소와 이어져 있다는 걸 알 수 있다. 우리에겐 언제나 더 많은 무언가가 될 가능성이 있다. 우리는 현재의 위기나 걱정보다 더 큰 존재일 수 있다. 또한 우리는 마음에서 새로운 무언가를 발견할 수 있다. 그건 새롭게 생겨난 것이 아니라 처음부터 계속 그 자리에 있던 것이다. 책 속의 아직 읽지 않은 페이지처럼.

우리는 언제나 생각보다 더 많이 가지고 있다. 힘, 따뜻함, 연민, 회복력 전부 생각보다 더 많다.

물론 세상이 우리를 놀라게 할 수도 있겠지만 우리 역시 자신을 놀라게 할 수 있다.

너는 흙으로 만들어졌으니 겸손하라.
너는 별들로 만들어졌으니 고귀해져라.
―

세르비아 속담

끝

끝은 없다. 변할 뿐이다.

　변화는 영원하다. 변화 속에서 당신도 영원하다. 움직이는 이 순간, 당신은 여기 있다. 그러니 당신도 영원하다.

　불은 재가 되고 재는 흙이 된다. 슬픔은 기쁨이 된다. 슬퍼서 울고 기뻐서 운다. 새는 깃털이 빠지지만 겨울을 지내기 위해 새로운 깃털이 난다. 사랑은 슬픔이 되고 슬픔은 추억이 된다. 상처는 흉터가 된다.

　행동은 존재가 된다. 고통은 힘이 된다. 낮은 밤이 된다.

　비는 수증기가 되었다가 다시 비가 된다. 희망은 절망이 되고 다시 희망으로 변한다. 배는 익어서 떨어지고 맛보는 순간 변한다. 애벌레는 비단으로 싸인 고치 속으로 사라지고 온통 어둠뿐이다가…

감사의 말

저의 에이전트 클레어 컨빌과 C+W의 모든 분에게 감사드립니다. 제 편집자 프랜시스 빅모어를 비롯해 제이미 빙, 제니 프라이, 루시 저우, 앨리스 쇼트랜드, 비키 왓슨, 비키 러더포드, 레일라 크루익생크, 메건 리드, 캐럴라인 고햄, 레베카 보날리, 제시카 닐, 캐럴라인 클라크, 베서니 퍼거슨, 라피 로마야, 조 로드, 카탈리나 와트, 스테프 스콧, 드루 헌트 등 캐넌게이트의 모두에게 감사를 전합니다.

전국의 모든 서점, 횡설수설하는 제 얘기를 들어주시는 소셜 미디어 팔로어분들, 장르를 왔다갔다하는 동안에도 제 책을 계속 읽어주시는 독자분들의 성원에 감사드립니다.

마지막으로, 저와 함께 살고 있는 멋진 사람 안드레아에게도 감사를 전합니다.